海闊天空

一位血友病者的生命札記

子鷺 著

海闊天空——一位血友病者的生命札記
作者／子騖
總編輯／徐惠儀
責任編輯／潘綺文
封面插圖／喜蓮
美術設計／夏意雯
出版發行／突破出版社
香港沙田亞公角山路33號突破青年村
電話：2632 0000　傳真：2632 0388
電郵：breakthrough@breakthrough.org.hk
網址：http://www.breakthrough.org.hk
http://www.btproduct.com
承印／陽光（彩美）印刷有限公司
1995年5月初版1刷
2024年10月初版32刷

To Touch the Untouchable Sky
by Zi Wu
First Printing, First Edition, May 1995
Thirty-second Printing, First Edition, October 2024

Printed in Hong Kong
ISBN 978-962-264-971-2

本書採用環保油墨印刷

生 命 禮 讚

關懷、連繫、復和、

溝通、對話……

凝視心之脈動，

直到重新尋獲自己的心。

目錄

四刷序 真實美麗的生命痕跡

子鶩走了，他留下的不單是一本動人的作品——《海闊天空》，而是真實美麗的生命痕跡，讓曾經認識和接觸他的人，再次肯定生命是從不放棄——身患絕症，經常進出醫院的他，從沒有放棄學習與工作的機會；考進大學之前，他嘗試過學髮型設計、當雜誌記者、寫作；病發初期，他仍在大學念書。

子鶩也讓我們學習了愛與恕，他雖然是無辜的愛滋病患者，卻沒有對愛滋病者懷有敵意，反倒將自己的痛苦經驗轉化成愛的施與，他曾經參加國際性的愛滋病研討會，也反對歧視愛滋病患者，甚至將自己的藥物寄往非洲給一些窮苦的病友。

子鶩的生命也是信仰與使命的見證，信仰對他來說並不是一些教條，而是生命的實體。他站在人前就是一個活的神蹟，好像是上帝差來的使者，雖然在世只有短短廿三年的日子，卻是上帝恩典的見證。

徐惠儀

序

子鶖、智濬、彬仔、勇仔、旺叔……一羣血友病患者，因為輸入受污染的血製品，而感染了愛滋病毒。透過子鶖的筆觸，他們的奮鬥歷程一一活現在讀者眼前。他們的共同目標，就是爭取過正常人的生活。由於他們的努力，這個目標已顯得不再遙遠了。

除了堅定的意志和信念外，支持子鶖奮鬥的是同行的每一個人——父母、朋友、同學、病友、護士、醫生。書中的每一個小故事，都成功地勾畫了人與人之間互助互勉的精神。在子鶖的心底裏，挫折也往往變成激勵奮鬥的推動力。

子鶖熱愛生命。書中的一筆一畫，反映了他對事物觀察入微、待人誠懇、處處為人着想的美德。我們都是人生的過客，在崎嶇的路途上需要同行者互相扶持，才能昂首闊步地走向目標。願社會裏有更多「子鶖」，也願子鶖所燃點的燭光，永遠照耀下去。

李瑞山醫生

（衞生署愛滋病服務組）

作者序

（一）

每一天都在做着同一個夢：有一日，我要為自己完成一部作品，就像屈原被逐而有《離騷》；司馬遷受閹割而成《史記》；貝多芬失聰而作《第九交響曲》……我並非奢求要把自己和這些偉大的人物並列，只是希望在離去之前，能為每一個疼愛子鷟的人，留下一點點紀念。

除非醫學能在一天之內進步廿年，否則子鷟的生命直到現在，大概已走了三分之二，餘下的，大概只可僅以百分比去量。回顧過去的廿載歲月，儘管沒有為社會帶來顯赫建樹，但對於自身，想是無愧於天地了。因為我已經盡了全力，以精神意志，去挑戰肉身的死亡；以無盡的信念，去面對有限的時間。我不祈求他人的諒解和明白，只求自己能繼續這份對生命的堅持。

當然，這一切並不來自我這個廿來歲小夥子的力量，而是身邊的一切人和事，為我燃點起這份力量的火炬；而這一切的人和事，又是藉着造物主的一雙妙手，為我成就的！

我算什麼？在世俗的眼光下，我不過是一個學業未成而身患絕症的小子。但我並不羞愧於自己的見解庸俗，學識膚淺，因為我信賴上主。若祂要在我身上完成祂那奇妙的作為，誰又可以來干涉呢？

希望藉這些文章，為大家留紀念；也好讓大家透過我，去認識那伴在我身旁的主——耶穌基督。

(二)

自出娘胎，就與白色的病房結下不解之緣：我出生於此，成長於此，將來也會有一日，要透過這裏的其中一道門，回到主那裏去！

每一次跟母親鬥嘴，她總會晦氣的說：「是的，我管不了你，你不是我養大的，是病房的奶粉養大你的！」其實，我又哪會不知，這句説話背後所包含着的血和淚呢？就只是因為我的一切完全遺傳自母親，自然也逃不過她的倔強與固執！

腦海中還很清晰記起，從前每一次，當候診室的醫生告訴媽媽，她的孩子要留院治療時，我總會鼓起腮，倚偎在媽媽的懷裏。直至現在，每當想起這些情景，臉皮又總會不自覺地抽搐幾下，或許這就是童年陰影吧！

還有，病房中那股淡淡的消毒藥水氣息，滲入我的每個毛孔中，總會從裏面勾出一個又一個的兒時片段……這一切，都教人揮之不去。

無可否認，我那與別不同的童年生活，對自己日後的成長，造成了很大的影響；尤其是我的文章，莫不圍繞着自己的疾病，筆觸可能深入，但卻一點也不廣泛，就像井底中的小青蛙：牠熟悉井中的每一個隙縫，卻跳不出井外的天地。

其實，我真的厭倦了：厭倦了吃藥、見醫生、抽血、照光片、打針、住院……這一切一切，教我想起便作嘔！但，這又能讓我選擇嗎？

小時候，每一次要進病房，醫生準會以他的專業見解，詳細告訴媽媽，他要用哪一隻藥作療程，療程的時間和方式。當然，他不會先問問媽媽的意見，更加不會問我一句「好不好？怕不怕？」在醫生跟前，一切都不是由你來做選擇的，包括生和死。

當然，今天我也知道，自己仍能活着，並非取決於醫生，卻是主。醫生、藥物……一切都只是個媒體，媒體的背後，全是主的安排。既然祂為我選擇了一條這樣的路，試問又豈可由人的意念去改變？

子鶩

一個半的住院天

雖然常道自己吃瑪麗醫院的奶粉長大，但自從在骨科病房根治了膝患以後，十年來也再沒有住院的經歷。病房的環境變化很大，成了一個令我感到陌生的地方。在那裏，我再找不到從前熟悉的戰友，也聽不見那向命運宣戰的雄壯歌聲……

農曆新年前夕，我因為一次意外，給撞個頭破血流，雖然即時止住了血，但過了整個星期傷口也沒法癒合。有天晚上我洗頭時，因刺激到傷口而致血流披面，要馬上趕往急症室。

我在急症室折騰了一整夜。急症室的醫生簽紙要我到 B2 病房（那兒是外科病房），豈料 B2 病房的護士看了我的病歷，說血友病不屬於外科，屬於內科，於是把我轉到 K7 病房；我來到 K7 病房，他們又說頭破了，應找外科醫生才對！結果他們在內線電話上交涉了半句鐘，取得了共識，我才得以安頓下來，但亦已筋疲力竭！公立醫院十多年來也沒變過的地方，就是它有本事令一切急症，也變得不再急了！

更要命的是，當晚我根本無法入睡：在我右邊病牀上的大叔，整晚自言自語的說粗話，夾纏着呻吟聲，弄得我徹夜難眠……

快將天亮時，大叔或許也不支了，慢慢的放低了叫喊的頻率，逐漸陷入沉睡當中。想不到護士隨即走進來派藥，吵醒了所有剛可入睡的病人。我坐起來時，不禁對站在大叔牀前餵藥的護士大發牢騷：

「唉！你知不知他好辛苦才睡得着啊！為何要把他吵醒？」

「小鬼，別多管閒事！」護士一手把「牌板」拍在我的頭上。

「喂！還打我的頭？已經是傷殘人士了！」我伸手去架。

於是大叔又再扯破喉嚨的吵個不停……

當天早上，醫生來看過傷口，就開了兩瓶凝血素給我：

「嗯……你好像會自己注射的，是嗎？」

「可以的！」我點點頭。

「那麼，你粒『豆』呢？種在哪裏？」

「什麼……『豆』啊？」我不明所以。

醫生掃掃自己的胸口，再指着左邊牀位的一個少年——他胸口上插了一個針筒接駁器，方便隨時接上針筒注射藥物。

我不禁莫名其妙：

「我會自己『打針』的，況且身上種了這粒『豆』，怎樣打波游水啊？」

那醫生十分不以為然：

「血友病學什麼人打波游水啊？不自量力！」

聽了這話，我忍不住大動肝火：

「呵！呵！誰說血友病就沒有資格學人打波游水？你說這話毫無鼓勵性，亦未免太瞧不起人了！」

他擺了擺手，滿不在乎的說：

「對不起，那我就給你針筒和『飛機仔』吧！」

護士拿來了凝血素和注射工具，我就熟練地調校好藥物，找了一條鮮明的血管來注射。隔鄰的少年和對面的幾位大叔，看了我這等純熟的技巧，不可置信得目瞪口呆！我就忍不住沾沾自喜：

「我讀書不精，否則可能已成了醫生！」

「有什麼了不起！」鄰牀的少年說了，就蒙頭大睡。

午飯之前，一位見習護士來為我洗傷口：

「怎會這樣不小心的？」

「啊！說來也很滑稽。那天晚上補習完了，離開的時候給電閘撞了一把，我捧住頭喊了一會痛，便走去乘車。當我取銀包時，看見一雙手都染了紅色墨水！還奇怪剛才什麼時候用過紅筆……」

我繪影繪聲的描述，令那見習護士也忍俊不禁。

「你怎會懂得替自己注射血清？」

「媽媽教的，她說既然有病，就要自己幫自己！」

「『豿孖筋』！好像前世未住過病房似的，有病還這般興奮！」

我回過頭來，又是那少年因「看不過眼」而對我冷言冷語。

K7 病房內有四個獨立病房，每個獨立病房平均有四至八張病牀；我所住的那個房間是 K7 的中樞，擺放了所有的文件、藥物和用具，並且有電話。

午飯過後，一個鬼頭鬼腦的大叔從自己的病房走了過來。他下巴的鬚根參差不齊，面頰像火燙似的通紅。他鬼鬼祟祟地東張西望，待護士都走遠了，就竄進來撥電話。

「喂！囡囡呀！下午是不是來探我啊？你們帶了什麼給我？吓！橙呀？好啊！喂……帶多支酒給我喎！記住啊！」

他放下聽筒，回到原來的房間；但不到兩分鐘，又竄進來。

「喂！是不是囡囡啊？爸爸啊！還記不記得帶些什麼給爸爸啊？橙，還有呢？是了，記住啊，帶支酒給我喎！拜拜！」

第三次。

「喂！囡囡，你講多次，要帶什麼東西給爸爸……」

如是者幾達九次之多！同房的病人不禁面面相覷，我忍不住嘀咕道：

「真未見過，哪裏有這樣的怪人！」

「哼！你未捱過苦，少見多怪！」那少年又在向我「攻擊」。

我真的摸不着腦，他又怎知我「未捱過苦」？

少年人患的是腎病，下午他媽媽帶了湯水來探病，他卻背住媽媽躺在牀上賭氣，不肯吃東西。

「志雄，你想怎樣啊！媽媽可以做的，也做了……」

「為什麼不讓我死去？」

他媽媽為了這話而泣不成聲。

昨晚鬧了一夜的大叔，睡了整個上午，這時又「再接再厲」地怪叫起來。他的妻子和女兒也有來探病，卻給他用粗話喝走了！

媽媽日間要工作，所以晚上才來，她帶我到醫院餐廳吃晚飯時，我跟她說了病房中的「怪人怪事」。晚飯後，我獨自回到病房，鄰牀的大叔仍在有氣無力的叫喊：

「媽啊！媽——！阿女！女啊——」

我不禁搖頭苦笑：

「唉！大叔，太太來探你又罵走她，她們都走了你又喊，何苦呢？」

大叔半身不遂，但對我的話卻聽得分明：

「你這種人懂得些什麼？」

「我不懂?!」

「他說得對！你根本不明白什麼是痛苦！你可以上學，可以交朋友，患的病輕微，又會自己注射藥物醫治；對你來說，住院不過是度假！」左邊的志雄答上腔。

真是這樣嗎？但試問我的委屈，又可以告訴誰？

翌日早上，從兒科部傳來了彬仔的噩耗。我趕去時，彬仔已給帶走了！呂醫生說，他臨死前還念念不忘自己有份表演的音樂會，這使我更加難受：想要活下去的孩子鬥不過危疾，我們卻無法成全他那未圓的心願，只能眼巴巴看着他帶着遺憾離去……

回到自己的病房，醫生看過了傷口，就簽紙讓我出院，我在執拾東西時，看見志雄的桌上還留着未吃的早餐。

「你知道嘛，從前我媽媽也很囉嗦，為了我的病，這不許吃，那又要戒口。很多時見到美味的餸菜也不能大快朵頤，很是痛苦。可是如果同樣是有病，要被迫吃一些自己不喜歡的例餐，也絕不好受，不過也總不能什麼也不吃啊！」

「算了吧！你不會明白我的痛苦！」

「不會明白 ?! 」

他用雙手枕住了頭。

「生命對我毫無意義，與其在這裏活受罪，我倒情願死了作罷……」

我本已收拾好行裝，打算走進浴室更衣，但卻即時打消這念頭。我拉了個屏風過來，換過了上衣，脫下病人的褲子，露出了那條畸形的左腿。

「你看，能夠想像這條變了形的腿可以走路嗎？」

「啊！竟然完全看不出來！」他詫異道。

「這是十年前的事了，那時我斷了腿骨，以為這輩子就要撐着枴杖做人，幸好得到一位病人亦師亦友的鼓勵，我受他的感動而重新站起來！誰說在病房不能交朋友！」

「你真幸運，交了這樣的良師益友！」

「不！一個病能否根治，還在於我們是否有堅持下去的信念。如果十年前我沒有站起來的勇氣，今天還不是跟你一樣躺在牀上嗎！我還有更精采的給你看，不過要有心理準備，因為可能會令你難受！」

我背着他脫下了內褲。

「啊——」他嚇得喊了出來！

相信他已看到我屁股上，一塊塊駭人的瘡疤。

「這是什麼？」

「是淋巴瘤——癌的一種！」

「怎會這樣的……」他搖晃着頭。

「因為我不敢把這個病告訴醫生，就只靠自己的力量抵抗。這些都是經淋巴瘤洗禮過後，留下來的疤痕！」

「你怎能熬過來的？」他不可置信的說。

「因為我還有未辦妥的事。我要是死了，爸媽和弟弟都會很傷心；疼愛我的人，還在等着我回去；還有很多、很多未圓的抱負……我不願帶着遺憾離開。你呢？不是說要死嗎？難道你沒有未圓的心願嗎？」

他不自禁地搖了搖頭，這時我已穿回褲子。

「在人生路上，有的人駕着保時捷，瀟瀟灑灑的走；但有些人，卻撐着枴杖，推着輪椅，像蝸牛似的爬着。每次有誰的車子在路上失靈，就只會呆在車廂裏抱怨自己不夠運氣，卻看不到車外面正有人抖動着枴杖，一拐一拐的上路。」

他呆呆的望着我。

「我打這個比喻，只是想說，每個人都要面對自己的困難，這算不算吃苦，就要視乎你怎樣面對！」

我提起了背囊，跟他道別：

「再見了！希望你早日康復！」

我大踏步走出病房，他卻在背後喊我：

「喂！」

我回過頭來。

「你叫什麼名字啊？」他問。

「子鷲！」

「子鶩——我可以跟你交朋友嗎？」

我彷彿聽見彬仔那首未完的樂章，又再次奏起。

小魔怪

讓小孩子到我跟前來，不要阻止他們！因為天主的國正屬於這樣的人。我實在告訴你說：誰若不像小孩子一樣接受天主的國，決不能進去。

馬爾谷福音（馬可福音）10：14-15

大概是十五年前吧，那時候在兒童病房裏，一提起思嘉的大名，可說無人不知，無人不曉。它是個教人咬牙切齒的名字，也是個我見猶憐的名字。

名字的主人——思嘉，是個兩歲不到，頭髮還像嫩草般長的小女孩。她沒有一般孩子的可愛趣致，卻有神經病似的暴力傾向：「放飛劍」、「施鬼爪」、「毒牙」，都是她的拿手好戲！儘管她「暴行」昭彰，但又人人惜她、疼她！

她患的是呼吸器官的疾病，要在喉頭開出一個孔，定期把積聚在氣管的痰液抽出。每看見她被治療師從喉頭抽出痰來時，那痛苦得不能喊一聲的模樣，就會使人徹底忘記她的任性、壞脾氣，情不自禁地關心、愛護她。

有天下午，媽媽來探病的時候，我滿腔委屈的向她訴苦。

「媽媽啊！妳給我跟Sister說，讓我轉個牀位吧！」

媽媽驚奇地問我：

「發生了什麼事？幹麼要換牀位？」

我氣憤地瞅了正在隔鄰牀上熟睡的思嘉一眼，欲語無言。媽媽就更顯得莫名其妙。

「到底發生什麼事？」

我指着思嘉說：

「她……她簡直是個小魔怪，每個晚上都像發瘋似的嘷叫，害得人家沒覺可睡……」

媽媽沒好氣的說：

「唉，孩子，怎麼你就連一個比自己幼小的小孩也容忍不了？媽從前照顧你時，還不是徹夜不眠不休……」

「那可不同啊！這樣下去，我早晚會神經病的啊！媽媽啊！求求妳！」

「好了！好了！待會我去跟護士長說說，看看是否有辦法吧！」

護士長的辦法，是跟這個還未會開口說話的小魔怪談道理。在護士長跟前，小魔怪倒是很乖巧的。護士長每教訓一句，無論明白與否，她都楚楚可憐的點一點頭。

兒童病房內，是有分嬰兒牀和大牀的，由於嬰兒牀往往供不應求，所以像思嘉這些滿了周歲，又要長期留院的小孩，都會讓他們佔用大牀。為免他們從牀上跌下來，護士往往會給他們穿上件「綁帶衫」（兩側有布帶的衫），並將孩子穩當地綁在病牀上。「綁帶衫」也會被用來懲罰那些本該臥牀休息，卻又偏愛隨處跑的小孩。我也曾因為頑皮，要給穿上「綁帶衫」。

但我們的小魔怪，卻獨創了一門「金蟬脱殼」的功夫，把「綁帶衫」這「病房罪惡尅星」輕易擺脱。這可能是她的筋骨夠軟、夠靈活吧。她往往可以把身子縮作一團，輕易把「綁帶衫」脱下；更妙的是，她又會懂得跳下牀後，用被單把那件還綁在牀上的「綁帶衫」掩蓋好，才走去玩！

在思嘉的意識裏，「玩」似乎就是「到處撩是鬥非」。因此，她每次「玩」，也會引起了病房中其他孩子的公憤。面對別人的公憤，思嘉總會像一頭被獵人圍捕的獅子似的兇猛，向着圍住她的孩子「吐痰」、「出爪」，使到三呎之內沒有人敢走近。

不過，思嘉也有惹人憐愛的時候。每當治療師推着儀器進入病房，要為她抽取積聚在喉頭的痰涎時，她就會大禍臨頭似的拚命大哭。

「抽痰」是個很痛苦的療程，每次思嘉也會嗆得透不過氣來，喊又喊不出，可謂苦不堪言！所以事後，病房各人，尤其是護士長，都會抱抱她、逗逗她，讓她得到一點撫慰。

有一個下午，我在病牀上瞌着時，矇矓中，給來探病的媽媽和護士長的對話吵醒。

「這個孩子整天也吵着要轉牀位，真拿他沒法！」

「對不起！因為思嘉的任性，常常對妳的孩子造成騷擾！」

「不！我看這小女孩挺乖哩！是了，怎麼不見她的父母來探她？」

我暗地裏給媽媽這話氣個半死，卻聽見護士長接下去說：

「唉！思嘉的身世很是可憐。她甫出世，父母就離異了，她媽媽又患有精神分裂，動不動就打她，虐待她，把孩子也弄得有點不正常。她媽媽現在給關了，思嘉的前途正待福利署安排，所以她暫時沒有親人探望。」

我到這時候，方知道思嘉有這樣不尋常的遭遇，怪不得她年紀小小，卻充滿暴力傾向！

護士長說罷，媽媽充滿憐愛地抱起思嘉。

「小妹妹，我拿妳回家做女兒，好不好？」

怎麼可以啊？如果真是這樣的話，小魔怪豈不是成了我的妹妹！

這以後，媽媽每來探我，總會順道帶一些小吃給思嘉，又逗她說話，教她認字。但我卻始終不能接受有個小魔怪妹妹！

一個酷熱的晚上我夜半醒來之際，看見鄰牀的思嘉，正在痛苦地喘氣。由於值夜班的護士不在附近，我走了下牀，倒了杯水餵她喝。她飲了兩口，又咳嗽起來，於是我就模仿治療師的動作，給她掃掃背脊。不一會，她就安靜的倒下睡着了。

我出院時，媽媽當然沒有把思嘉也帶回去當女兒，但我們離開之前，小魔怪似乎對我們流露了不捨的眼神，可能，她知道媽媽以後不用再來病房看望我，所以才會這樣吧。

第二次回到病房，是大半年以後的事了。思嘉仍舊住在病房裏，就只是不再跟我毗鄰。好幾次她跟其他孩子嬉戲的時候，在我牀前經過，我都想叫喚她一聲，可惜就是不好意思出口。她似乎已隨時間而忘記了我這個「舊鄰居」!

拆去鹽水架後，我恢復了自由身，可以下牀去。但由於病房的玩伴：智濬、勇仔、華女、家明都不在病房，只有小魔怪，是我最熟悉的，所以一恢復了自由，我就走去逗弄她。

為了給小魔怪一個驚奇，我從後面嚇了她一跳，卻反惹得她大發嬌嗔，還在口中鼓了一泡唾沫，準備隨時向我進攻！

我一邊閃避，一邊說：

「思嘉，妳不認得我了嗎？」

小魔怪口中的「導彈」本已蓄勢待發，但一聽見自己的名字，又好像突然冷靜下來，呆呆的望着我。

「我是從前在妳隔鄰的哥哥呢，那個時常給妳零食吃的姨姨，是我媽媽啊！」

她似乎一點也記不起來了，只是茫然的搖頭。這也難怪，兩歲多的孩子，你能向她要求什麼？而且進出病房的孩子又這麼多！

漸漸地我跟思嘉又重新熟絡起來。我發現她喉頭上的膠箍已給脫去，剩下一塊不可磨滅的疤痕，深深地烙在頸上。她的痰也沒有從前那般多；更重要的是，她的脾氣已不像從前那麼壞，變得較以往「溫婉嫻淑」。就只是說話時，還像從前一樣有一個字沒一個字的。

有時候，她會把護士長給她的橙汁魚肝油拿來，像護士長一樣，拿着匙餵我吃。在沒有其他人看見的情況下，我也樂得扮作她的「病人」，給她滿足一陣子。她又愛學醫生平日教訓病人的語氣，教訓我們，但卻往往辭不達意，逗得大家都捧腹大笑。

哭笑不得的是，有次我把媽媽買來，卻不合我口味的西梅給思嘉拿去吃，想不到她竟蠱惑得騙我伸出手來，然後把含在嘴裏的核，都吐到我的手掌上！

後來，有人要來領思嘉走了。病房內各人，尤其是護士長，都對她難捨難離；不少在病房內住得久的孩子，都紛紛把自己的零食、玩具，往思嘉跟前推。

初時，思嘉還不明白是怎麼一回事，但當護士長為她收拾好物品，又看見陌生的姨姨來接時，她又好像意會了一切，只顧賴在地上不肯走。後來，大家費了很大的勁兒，又哄又拉，才能把她送走。思嘉走了以後，病房好像缺少了一個中心人物，再不能重拾從前的熱鬧。

算起來，思嘉今天應該已是十七、八歲，長得亭亭玉立的女孩子。但願童年時不快的遭遇，能夠像她頸上的瘡疤般，隨時日而褪色吧！

傲骨

肉身規範不了意志，頑疾不足以操縱生命；強健的體魄不是必然，具堅強的意志才算是真正的強者。

我十歲那一年，左腳的膝蓋已因為長期內出血，壞到再不能伸直，走路時一拐一拐，怪難看的。再加上在一個潮濕的日子所摔的一交，左膝更腫了一塊瘀血，只有躺在牀上動彈不得。

終於，我花了一個月的時間，每天都注射一次血清，才總算把瘀血清除了。但經此一役，本已壞透了的關節，情況就更糟，骨節竟然出現鈣化、變形的情況。媽媽跟呂醫生商量後，決定送我到本區著名的骨科醫院，接受另一種治療。

骨科醫院座落在薄扶林道的山谷下。由瑪麗醫院乘坐復康巴士直抵骨科醫院，沿途盡是郊區的景致和傾斜崎嶇的公路，尤以最後一段的大口環道為甚。當時曾經擔心過，即使關節的毛病治癒了，也不知是否可以一步步的走上去！

骨科醫院被一片由草木和墓碑組成的「大森林」環抱着。它雖接近大墳場，但在朗日之下卻絕不見陰森！再加上附近的幾所療養院，倒更為憩靜的環境，添上了幾分熱鬧！

踏入病房，我就感到很新奇，因為裏面所住的病人皆不分年齡，只依據病況和性別作安排。除了新奇外，我也感到吃驚——我發現病房藏了一具

「火箭」,「火箭」裹面竟又藏了一個人!我第一眼看見時,不自覺地「嘩」了一聲,用雙手掩住了眼。從指縫間窺視了好幾次後,我才弄明白「火箭」的秘密:那其實是一個圓拱形的鐵架,罩住了一個禿頭青年的上身,內裹還有兩對打十字的支架,從鐵架的兩端貫穿着他的額頭和腹部。看到這裏,我肩膊的肌肉,不由自主地抽搐了好幾下,不敢想像若支架從我的左額貫穿到右腦後方,會是什麼滋味!

我在骨科醫院住了不到一個星期,就已跟病房中的各人混熟了。鄰牀的四眼哥哥,綽號叫陳居士,他在一次潛水意外中,弄至下身癱瘓了,要入院做物理治療。身上插了個鐵架的,綽號叫鐵人。這名稱不是因為他揹着鐵架而來,而是因他每個晚上也看書直到夜深,意志堅毅如鐵而得名。此外,還有因為跟人家「開片」,而折斷了手臂的鬈毛飛等。總之,在病房中,患上各種各樣奇難雜症的病人,可謂觸目皆是。

我見過物理治療師和照了光片後,就被安排以一個腳架承托左腿,再用法碼吊在腳架的末端,藉法碼的重量把膝蓋拉直。開始的第一個星期,痛苦的感覺簡直直達心肺,痛得好幾次忍不住哭喪着臉,哀求醫生終止療程,但每次都因被他嚴厲地教訓一頓而打消了念頭。不過,過了好一段輾轉反側,徹夜難眠的日子後,我總算慢慢適應了吊架的治療方式。

由於吊架治療要不分晝夜地進行，才會收到良好效用，於是我就要整天也給綁在病牀上，嘗到真正「絕對臥牀休息」的滋味了！

一個晚上，膝蓋受壓的不適感覺，令我從夢中掙扎過來。我坐起了身子，發現鐵人尚在閱讀。在百無聊賴下，我好奇地打量他額頭上被支架插入的切口。正看得出神之際，他忽然抬起了頭——不！不是抬起頭！他整條脊骨連頭都給鑲直了，根本不可能作任何形式的頸部活動！他只是把眸子向上翻，將視線從課本中拉到我身上，使我感到他好像是抬高頭一樣！

「怎麼樣，還痛嗎？」鐵人放下了書本，輕聲的問我。

「不！不痛！」膝蓋確實已不感到痛了，但卻因為被壓太久、太緊，產生了心癢難耐的不適。很想把吊架拆下來，讓關節屈曲一下。當然，要是這樣做的話，一切便要前功盡廢了！

「知道嘛，在入院前，我是學界的短跑冠軍呢！」鐵人跟我閒聊起來。

「嘩！勁呀！」我由衷的讚歎，因為在賽道上爭雄的滋味，自己是夢寐已久的。

「但我一點也不高興：因為我有寒背的缺陷，被別人冠以『駝俠』的綽號。有時，就是要好的同學也如此稱呼我！」

他的遭遇，我也嘗過。被人以自己的缺陷來冠綽號，畢竟是一件很不好受的事！

「好不容易，才安排到入院進行矯形手術，卻又偏偏適逢今年會考。我內心也掙扎了好久，才決定先進來施手術，希望矯正了脊骨後，能趕及外面的公開試！」

怪不得他每個晚上也亮了小燈閱讀。我望望自己的腳架，忽然想起一個疑問。

「鐵架插進身體的時候，你不痛嗎？」

「初初做完手術，麻醉藥力過後，是痛過好幾天，但後來已不痛。倒是對身上的鐵架感到很侷促，很不自然，想拆之而後快。這是心癮，而不是真正的肉體痛楚。」

我很有同感地點點頭。

「小朋友，忍耐點吧！我們都領略過肢體殘障的滋味，應該會更能堅持下去的！」他擺了擺拳頭，笑着說。

鐵人就是這般樂觀、積極，在面對心靈和肉身上的煎熬時，仍能努力不懈地繼續堅持。他的毅力實在教我慚愧。

有時候，鐵人、陳居士和鬈毛飛三人，會在晚飯後一同騎着輪椅到露台，圍在一起誦經、默禱。他們不是每次都以聖詠作結，有時也會唱勵志的流行曲。

譚詠麟的「傲骨」，就是他們的首本名曲。

我也有想過跟他們一同唱詠誦禱，但由於自己不便下牀，他們讀的經文跟我所讀的又不同，所以一直都沒有參與。但當唱到「傲骨」這首歌時，我都會不自禁的哼上兩句！

有天晚上，鐵人很早就放下了課本，關掉枱燈，但過了很久，我還見他在病牀上輾轉不安。不知何故，我也久久不能入睡，正想逗鐵人説話之際，夜闌人靜中卻傳來陳居士的聲音。

「鐵人，還擔心它幹嗎？一切事情老天自有安排。」

鐵人失笑道：

「喂！居士，改改你的道家辭彙，説成『一切事情自有天父眷顧』可以嗎？」

「不同文化有不同稱呼，但大道如出一轍。」陳居士搖搖手道。

「不過我們既然已接觸了耶穌基督的福音，就應擇善而從之。」

「怎麼樣，還擔心明天的手術嗎？」陳居士岔開了原來的話題。

「我怕拆去鐵架後，脊骨失去依傍，不能繼續保持挺直。」鐵人面上現出憂愁的神色。

「唉！信德來自內心，而非借助外物；就等如我們的信仰並不來自聖像和十字架，而是出自內心對天父的託付。」

「不知怎的，在這關頭，我感到自己很軟弱、畏縮……」

突然間，鬈毛飛也坐了起來，把大家都嚇了一跳。

「反正我們都睡不着，不如為鐵人明天的手術祈禱吧！」

「我也要跟你們一同祈禱！」我也坐起身來。

他們並不十分詫異，還十分歡迎我加入他們的祈禱行列。我們圍坐後，陳居士就開始領禱了。

「天父，感謝祢在這個寧靜的晚上，讓我們像兄弟似的聚首一堂，跟祢再次的傾訴。明天早上，鐵人就要拆去他身上，曾一度為他挺正骨骼的支架。我們懇求祢，包容鐵人的軟弱，並賜與他信德，眷顧他，使他能得到康復、平安……」

終於，鐵人的手術順利完成，但由於麻醉藥下得多，加上過去幾個月骨骼被固定了，行動又以輪椅代步，拆下鐵架的初期，他的身體癱瘓無力，只能像初生嬰孩般在牀上，學習轉身、擰頭、舉腳等動作。他一絲不苟地遵照物理治療師的指示，學習了半個月後，終於可以坐起身，下牀騎輪椅了。

而我，這時亦可以卸下吊架了。我那隻給拉直了的左腿卸下吊架後，只有酸軟和發麻的感覺，像給敲一下就要斷似的。由於在病牀上躺了兩個月，缺乏運動，大腿的肌肉萎縮得跟手臂一樣幼，所以我要先在病牀上做幾天物理治療，鍛煉一下雙腿，才能下牀。

有一天，我和鐵人離開物理治療室後，就一起往外面的園子走。在隆冬過後乍暖還寒的日子，草地上總是濕漉漉的一片泥濘，我推着輪椅走過，地上的泥濘透過輪子全黏到手上來；至於鐵人，已可以撐着學行架，一步一步的走。

在花圃裏，我找到不同大小的蝸牛。

「鐵人，看，是蝸牛。」我忽回憶起從前在校園裏，大夥兒捉了一大袋蝸牛，伏在地上賽蝸牛的情景。

鐵人像蝸牛似的慢慢走過來，感歎的說：

「看到了蝸牛，我忽然想到了自己。你說，蝸牛走得快，還是蚯蚓走得快？」

「這個我不知道，但蝸牛揹了個大殼，應該快不了哪裏去。」

「但牠卻從來也沒有想過卸下蝸殼啊！」

我呆呆地望住了鐵人，他繼續說下去：

「其實我們都是蝸牛，背上都有個殼。這個殼是與生俱來的，無論怎樣，也要自己一力承擔；就好像耶穌基督，即使祂背上的十架，是多麼的沉重，也要揹着它去完成自己偉大的使命！」

「但我們只是凡人……」

「不！你看看路旁的小草，它們也很平凡，但也很堅韌。暴風雨來臨時，你猜小草和大樹誰會更先倒下？我，就情願做疾風中的勁草了。」

我被他的話深深打動。

「為什麼近來不見你捧着課本讀至深夜呢？」

「趕不及今年的公開試了。醫生說還要在這兒做一個多月的物理治療。還是先調理好身體，養精蓄鋭，明年才再戰江湖吧！」

我們回病房時，仍哼着譚詠麟的「傲骨」:「有誰會知我心內，有極強信念……」

喝采

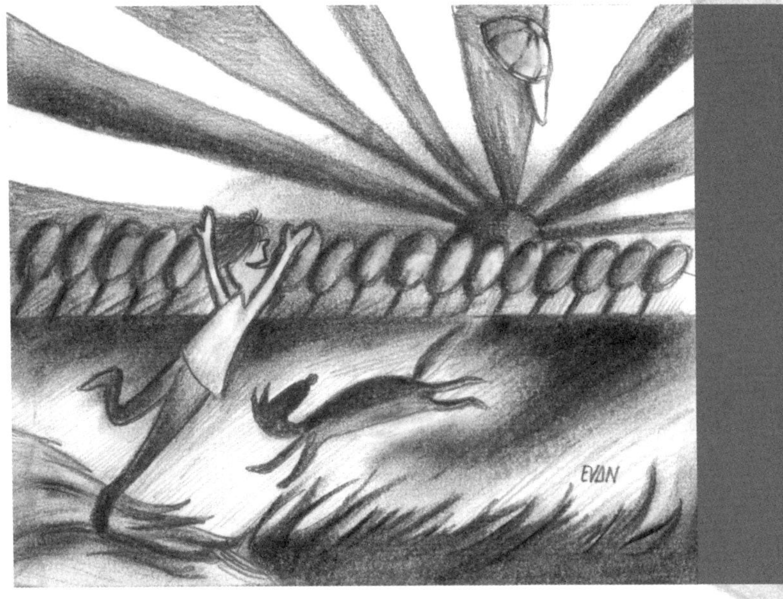

有人說，一個人孤單走的路，是崎嶇而且漫長的；但當兩個人相伴一起走的時候，更艱辛的路途，都會變得平坦起來，而且還好像縮短了似的！

回顧我過去的際遇，儘管說不上是驚濤駭浪，但也可堪稱峰迴路轉，柳暗花明。說不出多少次，明明剛從一個厄困中掙脫出來，卻又會不知怎地墮進另一個深淵；明明已陷入萬劫不復之境，又會奇蹟地爬起身來……

好像那一次，剛從骨科醫院矯正好了壞膝，料不到回家不到兩個星期，竟又因不慎而摔斷了腿骨。於是，急症室的醫生又把我送回骨科醫院去！

回到病房，第一個跟我碰上的是陳居士。當他看見我給醫護員用擔架牀抬進來時，那種錯愕得張大了口，不能置信的樣子，十足像電視劇裏面的女主角，跟舊情人重逢似的模樣。

「子鶱，怎麼你會回來的？」

我老氣橫秋的說：

「唉！總之就是一言難盡啦！」

沒有多大工夫跟陳居士應酬，救護員和護士就已把我安頓在病牀上，只有媽媽跟陳居士招呼着：

「唉！這孩子也頑皮透了，回家還沒有幾天吧，竟連腿骨也折了！」

「太太，放心吧！小孩子的骨頭軟，傷口很容易癒合的，不用擔心！」

為了駁回斷骨，我整個下半身都給石膏緊緊的紮着。當時是四月天，我的身子被焗得出疹，好心的陳居士就時常替我開口，叫護士給我轉轉身，好讓我俯伏在牀，以免背部因長期受壓而潰爛。

陳居士又會常常提醒我，要時刻不忘把大腿的肌肉拉緊，那麼將來拆下石膏時，大腿才不會因長期缺乏運動而導致萎縮。

在我心目中，陳居士是個很有學問涵養的人，很多時我內心有疑問，他都會耐心地為我解答，又會以信仰角度教我看每樣事物。不過，他有時也會鬧情緒，耍脾氣的。

有次，他就因為從病牀爬上輪椅時，不小心跌倒在地上，而氣得把自己那輛「私家輪椅」也打翻了！護士們走上前想幫他，都給喝止。於是大家就只有眼巴巴地看着他左栽右倒的爬回牀上去……

我一直都奇怪，陳居士為何還不回家，他卻說：

「還要等一個手術。」

「會等很久的嗎？」

「不！我應承了孩子，這個暑期一定要陪他到迪士尼樂園的。我不會讓自己獃太久！」

陳居士有一個跟我一般大的兒子，只是他平日要上學，沒跟陳太太來看爸爸，但每逢週日，都可以看見他在病房跳蹦蹦的蹤影。

五月中的時候，我身上的石膏已可拆下來。那變了形的大腿肌肉，彷彿不曾是屬於自己的。媽媽問醫生，將來走路會否出現問題，醫生卻沒有正面的回應。這也難怪，本來已壞透了腿子，再因意外而折骨，試問還可以期待醫生作些什麼保證呢？

可是過不了幾天，陳居士就已看不過眼，替我向物理治療師說：

「黃 Sir，怎麼不讓他試撐着椏杈，走幾步看看？」

黃 Sir 很是猶豫。

「嗯……我怕他大腿的肌肉未恢復，不夠力站起來！」

陳居士卻說：

「他整天坐在輪椅上，會練到力才怪哩！」

我睨了陳居士一眼，怪他多管閒事。

從此以後，我每次下牀，就得抖着一雙已僵硬了的腿，一拐一拐地走。有一次，高佬和明仔走到我背後戲弄我，待我轉身時，他們都推輪椅走遠了，要追也追不着。我忽然有種「武功盡失」的感覺，要是下半生也要如此「慢吞吞」做人，我倒寧願坐在輪椅上「風馳電掣」！

有次，明仔又在我背後戲弄，我見追不過他，便洩氣地倒在牀上，長歎一聲。陳居士似乎看穿了我的心事，跟我說：

「怎麼樣，你覺得撐枴杖走路很痛、很辛苦，不及坐輪椅方便嗎？」

我托着腮點點頭。

「但這種痛苦，我卻已期待了十年……」他一邊說，一邊鎚着自己的大腿。

「你有沒有想過，將來怎樣推着輪椅，去趕巴士、上樓梯？小孩子，我不願在你身上，看見我的不幸。既然是可以重新站起來，跟一般人去競跑，幹麼你要呆在觀眾席上，為別人喝采？」

我看見陳居士那堅毅的眼神，立即下定決心，要讓他看見我跟人家競步的一天。

陳居士的手術，似乎不能順利進行。有一天，他就因為手術的問題跟醫生爭執起來。

「你跟我說過什麼？我答應了孩子，在聖誕節時帶他到迪士尼，結果呢？暑期也要來了，你仍說未能做手術！你騙我不要緊，但不要讓我在孩子跟前撒謊呀！」

「陳先生，你這樣激動對自己身體沒有好處的！冷靜點聽我講吧……」

陳居士還沒有待醫生說完，就跳上輪椅，撞開露台的大門，衝了出去。

整個下午，陳居士就坐在病房外的露台，兩眼發愣。陳太太來的時候，曾姑娘低聲跟她談了幾句，她就放下了湯水，走到露台去：

「志強！」

陳居士緩緩地抬起頭來，陳太就走到他跟前，單膝跪了下來。

「聽他們說，手術無法如期進行，是嗎？」

陳居士點一點頭，歎了口氣。

「不要緊的，就讓我們遲一點吧！反正興仔比較喜歡冬天的迪士尼。啊！我們還可以到富士山玩雪呢！」陳太捉着陳居士的手說。

「淑英，對不起！」陳居士慚愧地低下頭來。

「什麼？」

「當初出事的時候，我根本不應讓妳把孩子留下，更加不應跟妳結婚！是我，害苦了妳，也害苦了孩子……」

「啪」的一聲，陳太摑了丈夫一記耳光，然後伏在他的大腿上，抽搐起來。

「蠢材……你是個蠢材！根本……由決定把孩子生下來那天開始，我就準備了吃苦……」

「我覺得自己沒有用，沒有盡過丈夫責任，也沒有照顧過孩子……」陳居士撫摸着妻子的頭髮。

「不！你已很了不起！這些年來，我能堅持下去，都是你和孩子的緣故。每次看見你痛苦地掙扎着，要從輪椅上站起來時，我就知道自己當初的決定沒有錯。你……是我心目中最堅強，最勇敢的男人！」

「妳不怪我，但興仔呢？我一次又一次的違諾……」

「其實在興仔心目中，你是最偉大的父親；他在作文時也這樣寫：爸爸的名字跟他的行為一樣，是我的榜樣！」

陳居士奇怪地道：

「什麼？我的名字？」

「意志堅定，自強不息！」陳太娓娓道來：

「興仔近來嚷着要學小提琴，上了幾課後，老師說他天分不高，於是他就每個晚上也練習，害得我們給鄰居投訴……」說到這裏，陳太也破涕為笑。

「這孩子真是……」說起孩子，陳居士繃緊了的臉，也不禁寬容起來。

「他跟你學囉！明知是沒有可能的，卻還偏要勉強……」

「於是我們的社會，就多了幾個司馬遷，幾個貝多芬，和幾個海倫凱勒……」陳居士捧起了妻子的臉。

「還有一個陳志強呢！」陳太促狹道。

看到這裏，我也忍不住笑了起來。陳居士聽見笑聲，立即回過頭來。

「小鬼，偷看我們嗎？」

六月下旬的時候，我已可以拋下枴杖，慢慢的走了。正當陳居士在拉着牀頭的三角環，做引體上升運動時，我輕輕地走到陳居士的牀前。

「你看，行了！我可以拋下枴杖了！」

「我早説過那是行的，你説，現在不是可以了嗎？」

「居士，謝謝你！」

「哈！謝謝什麼？我又不是醫生。」

「但是，意志並不是每個醫生也會醫治的！」

「你不要怠懶才好！要聽醫生吩咐，勤力做物理治療。」

過了幾天，陳太來替丈夫收拾東西。我吃驚地問居士：

「你出院了嗎？那麼不做手術了嗎？」

陳居士笑笑説：

「不！趁有幾天公眾假期，陪家人到大嶼山去度假。下個月會回來做手術的，希望那時候不會再在這裏碰上你吧！」

我尷尬地傻笑起來，這個真説不定，誰叫我向來都這樣倒霉！

看着陳太推着居士遠去的背影，我忽然想起「沙灘上的足跡」這個故事。我們每個人都不是孤單上路的，無論到哪裏去，我們都有同行的旅伴。當你回頭低望，發現沙灘上只印着一雙足印時，請不要驚訝：原來你的旅伴早已把你揹負起來，助你跨過一個又一個的小沙丘。

一點燭光

EVAN

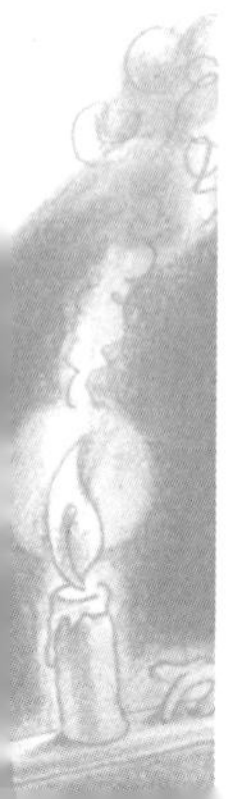

生命是一支燃燒着的蠟燭，沒有人知道燭光會在哪一刻熄滅，但這並不重要；重要的是我們能否用盡這支蠟燭的每分每吋，為生命帶來光，帶來熱……

跟旺叔認識開始，到他在我們中間被接走，前後不過半年時間，很多關於他的事，都是後來由別人口中得知的，但我對他的認識卻一點不淺。

那年旅居北京的日子，曾打擾過旺叔的老同學和摯友——伍叔叔。每當伍叔叔跟我談起故人，總不勝唏噓，就只差沒有「老淚縱橫」！

根據伍叔叔的回憶，學生時代的旺叔，是個自尊心頗強的人。他跟伍叔叔一起在香港念書的時候，他患的血友病已經很嚴重，腳的關節都因積血太久而鈣化、壞死。

校方見他行動不便，曾特許他在上下課時間，使用教職員的電梯上落。但旺叔卻把這特權放棄，堅持每天跟全體同學，一起排隊上落。他的執著，是沒有人可以拗得過的。好幾次，伍叔叔就因要幫他挽那沉重的書包，被他固執地拒絕而大動肝火。後來，伍叔叔乾脆不作聲，默默地走在他身旁，靜看他怎樣揹着千斤的包子，拖着壞透的左腿，蹣跚地走上課室。伍叔叔回想這些往事的時候，仍不住讚歎旺叔是個不可多得的硬漢！

伍叔叔後來周遊外地，半工半讀地完成大學課程，而旺叔則強撐起腐朽的身軀，踏出社會工作，但他的外騖之心，卻比任何人仍要旺盛。每次伍叔叔從外地回來，跟旺叔談起各處見聞，他都嚮往得躍躍欲試，像個見獵心起的孩子。

年青時他們曾立下宏願，要一起到外面闖盪，但旺叔卻一直被病痛羈鎖，一生闖不出所處的小框。伍叔叔在內地發展的時候，曾試過好幾次請旺叔往內地散心，但旺叔卻又偏偏放不下香港的工作。

旺叔的堅忍性格，給大家留下了一個深刻的印象。和旺叔一起住過兒童病房的超哥，曾說過旺叔因膝蓋受傷而入院的堅忍表現。旺叔入院時，病房的制度尚未完善，很多病人在急症室獃了整晚，醫生仍未有空來料理，旺叔就因為延誤了注射血清的時間，膝蓋由拳頭大小，腫脹到像個水袋似的。

那年的旺叔只有十來歲，面對如此巨大的折磨，自然痛得淚水汩汩，他卻堅持沒有哼出一聲，更沒有大吵大鬧的催促醫生，只耐心地等待治療。他的堅強和忍耐力，教我們每一個血友病人都心悅誠服。

我跟旺叔相差了十數載年紀。我們第一次碰面是在一個為愛滋病人提供醫療服務的病房。我不但不喜歡那兒；不喜歡那些一同候診的陌生人；也不喜歡每次醫生開的五顏六色的丸子，但我卻偏要週期性的回去。

那一次，我從病房出來，納悶地在長椅上等待護士為我取來藥物，忽看見旺叔一拐一拐地步入病房。霎時，我內心生出了一絲興奮的感覺，就像在異鄉，碰見黑髮黃皮膚的中國人似的親切。

我微笑着向他點頭，他就在我跟前停下來，拍拍我的肩說：

「是血友病嗎？」

我無奈地點點頭，他就跟我相視苦笑。

「唉！這病毒真是害人不淺，看，你還這般年輕。」

我不禁自嘲：

「這也好！要是死去了，遺照或許可以拍得年輕一些，帥一些……」

旺叔揮動他那熊掌大的手，再拍了拍我的肩。

「喂！年輕人，幹嗎講這些晦氣話？積極點嘛！」

「可以怎樣積極？」我反問他。

他拍拍自己的腦袋道：

「嗯……起碼不要把自己瞧小了……」

我出神地聆聽他的話。

「萬物各有其用，就是路旁的一根微不足道的小草，也有鞏固泥土的作用，更何況我們是人！每個人生在世上都有其所要肩負起的責任，問題只在於你是否懂得欣賞，並重視已享有的條件，盡情發揮！」

旺叔常說最重要的，莫過於享受與家人共聚天倫的時間。

旺叔家中有妻子和女兒，他對妻女的照顧可謂無微不至。一次，我陪他去買聖誕禮物給女兒，他在飾櫃上揀了一個名貴的熊娃娃下來，我不禁驚歎道：

「嘩！你真闊綽，這麼名貴，也願意買來送給女兒！」

他聽了這話，忽然若有所失的歎道：

「唉！小兄弟，其實對我們來說，能夠用錢買回來的，根本一點也不貴；就是十萬、百萬，也有個定價，總可以有方法去賺回來。真正貴重的，乃是一些不能用任何東西換回來的事物！」

我呆呆地凝望着他，他見我這樣，搖搖頭道：

「不明白嗎？」

我也跟着他搖搖頭。

「我想說的是健康、尊嚴、生命和時間。這些我們都沒法再買回來。」

旺叔其實一直對自己的病耿耿於懷，他一方面不願跟別人談及自己的病況，害怕帶菌者的身分被知悉，一方面卻又時刻要跟這厄運抗爭到底。

後來我從旺叔的太太得悉，在我還未認識旺叔之前，他早已被病魔折騰了大半年。那時，他的口腔已潰爛得無法吞嚥，肺囊蟲病等併發症也開始出現……但他始終堅持下去！

也許是尚有未圓的信念吧，他在病入膏肓之際，竟又奇蹟地康復過來。在我跟他相識的半年裏，他壓根兒忘卻了自己的身體剛康復過來，把所有的心力都傾注在他那盤生意上。旺叔是開漫畫書租售店的，漫畫店的生意額，就是他家庭的經濟命脈，於是他工作得渾然忘我！

旺叔的太太好幾次哭着臉要他愛惜身體，他都依然故我，結果他的人去後，為家人留下了一盤穩健的生意。當他太太懷念起從前的點滴時，也忍不住讚道：

「人生至此，夫復何求！」

的確，旺叔沒有為社會帶來顯赫的建樹，但他卻是個充滿責任感的好父親、好丈夫，以百孔千瘡的軀體，去養活一家溫飽。試問還有誰能再向他強求些什麼？

試過有一次，在路上碰上旺叔，那時他正顫抖着壞腿，捧住了一個大紙皮箱的書。我急忙走了過去：

「旺叔，怎麼這樣的粗活要你來幹，讓我幫你吧！」

他見是我，就把箱子抱得更緊：

「不用客氣了，你的身子也好不了我多少！」

「其他的員工呢？難道不能喚他們來幫忙嗎？」

「嘻！親力親為嘛！小本生意，哪裏請得起員工啊！」

他就是這樣的一個人，凡事不假手於人，自己做得來的，必定親力親為。他常常告誡我：要珍惜自己，燃燒自己，好為生命帶來光明和溫暖。生命之可貴不在其時限，卻在乎素質；只要活得豐盛，即使生命短暫，也能無悔無憾；可以像燃燒着的蠟燭一般，用盡每分每寸，為黑暗帶來光亮！

終於，旺叔也要倒下了！

由於操勞過度，併發症就像潛伏着的計時炸彈，在他的體內一個個的爆發。

我看見生命力在他的臉上，一點一滴地流逝。從前他那捧着大紙箱，一拐一拐地奔波勞碌的影子，已一去不復見。剩下來的，只是一具倒在病牀上苟延殘喘的身軀。

那時候，他的其中一隻眼已看不見，口腔的念珠菌亦令他吞不下東西，只能靠插進鼻孔的喉管，為身體輸送葡萄糖，來維持僅有的一點生命。

在旺叔彌留之前兩天，李醫生跟旺叔的太太說：

「病人的情況惡劣，這階段很容易感染一些不知名的細菌，我們暫時無法掌握他病徵的根源，究竟來自何處。如果抽取他的脊髓化驗，或許會有點眉目，但這樣會帶給他很大的痛苦……」

他太太走到旺叔跟前，嗚咽地道：

「阿旺，你……的意思怎樣？」

旺叔早已痛得睜不開眼，但仍堅決地點頭。

我第二天來看他時，親眼目睹他如何承受被醫生從脊骨中抽出細胞來的痛苦。我不忍心地走出了病房，捧着頭咆哮。

「為什麼？到底是為了什麼？與其是不成的了，為何還要承受那額外的折磨？」

這時候，黃姑娘忽坐在我身旁。

「傻孩子，難道你還不明白他作的一切，都是為了你們嗎？」

我傻傻地望住她，霎時明白過來。

旺叔選擇去承受不能承受的痛苦，原來是希望替我們找出治療的線索！

當天下午，旺叔就留下了妻兒和生意，悄然地離開了。

在回家的路上，我茫然地走進了一所聖堂。我看見一個教友將快要燃盡的燭火，傳到一根新蠟燭上，我也走到燭台前，取了根新蠟燭，用燭臺上未盡的燭火把它燃着，然後插進燭臺裏。

待新蠟燭在燈臺上穩穩地燃點着，我心中若有所得地跪下來，向上主禱告。

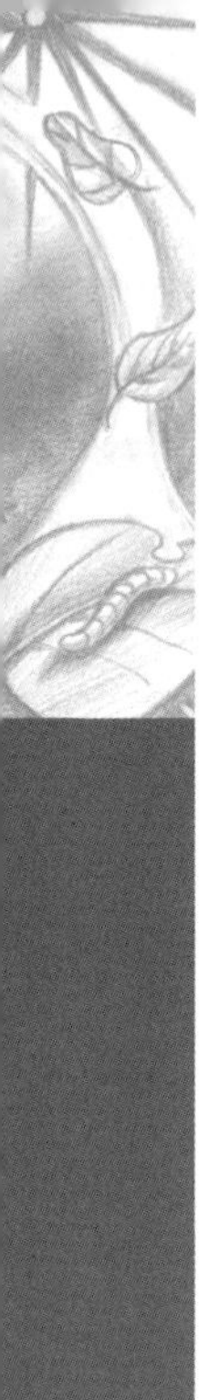

脱胎

雖然說，骨科病房內的病人有大有小，有老有嫩，但還是有其分佈規則的。頭房近護士室的多數是未有表達能力的小孩，以方便照顧；中間住的是大一點的孩子；而尾房就是少年和成年人。不知為何，當年只得十歲的我，竟被安排跟陳居士那夥大人同住，不過那時的我，的確「不屑」跟太幼稚的小孩玩！

病房中以陳居士的年紀最大。我初以為他是個二十出頭的大哥哥，想不到原來已有三十多歲。每天來探望他的妻子跟他併在一起，就像兩姊弟一樣。後來，呂醫生告訴我陳居士之所以不衰老，可能是因為他的脊椎受到破壞，減弱了新陳代謝的功能所致。這當然只是呂醫生的假設，事實怎樣，只有陳居士的主診醫生才知道！

不過陳居士「最大年紀病人」的紀錄，很快就被打破了。這一天，病房來了一位新房客，他看上去有四十多歲，面色蠟黃，而且瘦得像骷髏骨一樣。聽許姑娘說，他腳掌的關節脫了臼，從療養院轉介過來。

新房客似乎真的很累，他在睡眠中由醫護人員送來，一整日都在睡，連午飯也沒有吃。不過到了下午，他居然成為整個病房的焦點人物！

從澳門過來香港換腳架的明仔，是病房中數一數二的「奀皮仔」。不過因為他是從孤兒院來的，所以大家都很疼他。這天不知誰為他弄來了一根口琴，飯後他就在病房中發出一些既吵耳又討厭的怪聲。

噪音把新房客吵醒了，他坐起身來，搜索到噪音的來源，就咬牙切齒地指着明仔：

「操他奶的發瘟……」

整個病房的人都被他此舉嚇得目瞪口呆。平日，在病房中聽見粗話是很平常的事，鬈毛飛也常在自己的說話裏，加個粗話字作助語詞，但是像新房客那樣說得如此卑污，而且口若懸河的，相信就找不着第二個了！死寂維持不了半分鐘，已見明仔的眼眶在汩汩淌淚。對身世堪憐的明仔來說，這句粗話未免太過分了！

眾人責怪的目光，教新房客慚愧地抱住了頭，埋到牀枕上。鬈毛飛走過去拉住了明仔。

「明仔，我們去園子吧！讓我教你奏口琴！」

「不！」明仔掙扎了幾下，就給鬈毛飛帶了出去。整個下午，再沒有人敢大聲說話！

晚飯後，新房客問我取了張紙巾抹嘴，我趁機鼓起勇氣跟他說：

「我叫子鶱！叔叔，怎樣稱呼你呀？」

他瞪得眼球也快要爆炸的道：

「做咩呀？死嚫仔，點阿叔相呀？」

討了個沒趣，我嚇得縮進了被窩。良久，聽見新房客向我叫道：

「喂！細路……我叫阿坤呀！」

我慢慢地從被窩鑽出來，他似乎比剛才和善得多了。我把本來已收回喉嚨的那句話，戰戰兢兢地説出來。

「叔叔，明仔是個孤兒，求你不要再跟他説粗話！」

坤叔拍了拍腦袋。

「誰是明仔呀？」

「拿着口琴吹的那個呢！」

「……」坤叔低下了頭，用眼尾瞄了一下正在那邊廂看電視的明仔，表現出內疚的神色。

坤叔抬起頭凝視了我好一會。

「細路，你有多大？」

「十歲零八個月。」

「有兄弟姊妹嗎？」

「有個四歲大的弟弟。」

「唉！我的一對子女如果還在的話，也跟你倆兄弟一樣大了……」

「不……不要難過吧！他們……怎……哪裏去了呢？」我起了一陣雞疙，不知何解想起了婉君，她也是很幼小就離開了的！

「不！」他兇巴巴的瞪了我一眼：「他們只是跟了媽媽去移民罷了！」

我大大地呼了一口氣。

「哈！細路，你心腸倒不錯啊！」

「是嗎？」我沾沾自喜得低下了頭。

那邊廂，陳居士等人已圍好了圈子：

「喂！子鶱，祈禱會啦！」

「來了！」我轉頭跟坤叔說：「我要去做晚禱，待會再談吧！」

我轉身下牀騎輪椅時，耳邊響起了坤叔的喃喃自語：

「哼！祈禱，發瘟了嗎？」

坤叔來了沒有幾天，就要施手術了。這一晚，病房來了一位印度籍的客人，他提着一個小皮喼，西裝筆挺的步進尾房。許姑娘領他走到坤叔的牀前，拿起「牌板」，轉身跟印度人說了幾句英語，接着就向坤叔說：

「嗱！明天會為你開刀，所以今晚會給你打麻醉劑。這位是白康廉先生，他會用一隻比較適合你的麻藥，但僅止一次，以後決計不再替你打這針的，明白嗎？」

坤叔「嗯」一聲後，印度人已打開皮喼，把一瓶藥水混和在另一瓶藥粉裏，待調校出稀黃色的液體，就用針管把藥水注射在坤叔的臂彎上佈滿了蚯蚓似的血管裏。

我嬉皮笑臉的道：

「許姑娘，有好東西也不介紹給我！這種針我也要試試……」

還未待我說完，許姑娘已把手上的「牌板」拍在我的胸口上：

「小鬼，若再胡扯就捉你來『祭旗』！」

許姑娘說完，坤叔的鼻鼾聲立即響起。我低呼了一聲：原來這樣厲害！

坤叔從手術室給推出來後，昏睡了整天，傍晚時分才把眼睜過了一會。但在我做飯前祈禱時，耳邊竟響起了他夢囈似的聲音：

「又唸經，不是發了瘟吧……」

做完祈禱後，我睜開雙眼，只見他又倒在牀上沉沉入睡了。

這個晚上，天氣開始轉涼，我很早便睡。睡夢香甜之際，卻給吵醒了。我看見坤叔很辛苦地輾轉呻吟。他的顫抖聲和夢話，把眾人都鬧醒了。

「嘩！咩料呀，坤記？」鬈毛飛伸了個懶腰，坐起身子，陳居士也騎着輪椅，繞過我的牀，推到坤叔跟前。

許姑娘從護士室出來，「咮」一聲道：

「為什麼這樣嘈吵呀？會吵醒其他人的！」

陳居士一邊為坤叔拉上被單，一邊跟許姑娘說：

「他是不是有毒癮？」

坤叔有毒癮？我給這話嚇了一跳，只見許姑娘點點頭：

「他在吊癮嗎？讓我看看……」許姑娘走近牀前，正想伸手摸坤叔的額頭，卻看見坤叔一臉的眼淚鼻水，嚇得縮了開去。陳居士道：

「還是讓我們照顧他吧！妳看看是否可以找醫生來！」

許姑娘搖搖頭：

「太困難了，這麼夜醫生都下更了！」骨科醫院收的不會是急症，所以不會預期晚上有需要醫生的情況。

鬈毛飛也走了過來，跟許姑娘說：

「妳給他兩粒十字架，不就可以頂癮嗎？」

許姑娘堅決的拒絕：

「這些是受監管藥物，沒有醫生批准開給病人，就是濫用藥物！」

「但他辛苦得要死啊！」鬈毛飛不服地說。

「不，許姑娘說得對，不能為了我們睡一晚的好覺，就讓坤叔跌進另一個深淵！」陳居士說。

我伏到坤叔的牀邊，雙手按在牀褥上扶定了身子：

「坤叔，你怎樣了！」

坤叔睜開眼睛看見是我，就死命的抓住我不放，我嚇得掙扎着想脫手，這時陳居士已拿起了他的另一隻手，握在掌心唱着：

「從開始至今多考驗，使我步法常亂……」

可能是默契使然，我們都跟着陳居士一同哼起歌來，一會兒是勵志歌，一會兒是聖詠，到了想不出唱些什麼時，各人就自度一篇祈禱文，為坤叔祈求天父。隨着我們的誦讚聲漸大，坤叔那「給我，給我」的喊聲就相對地減弱了。整個晚上，尾房像開了個佈道大會似的熱鬧。

過了幾天，坤叔已精神過來了。午餐後，他起身活動一下，就取了張椅子坐下：

「細路，你們整天唸經拜的那個，是什麼神呀？」

「耶穌基督囉！」我含住了半啖蘋果說。

「靈驗嗎？」他蠻有興趣似的問。

「好勁㗎！」我又咬了一口蘋果。

「祂還可以幫你去除過往的惡習！」陳居士也答腔了。

坤叔低下了頭，滿是傷感的說：

「我大大話話吸了二十年白粉，連妻兒都沒有了，還管它戒不戒毒！」

「如此說來，你為什麼進來做手術？反正腿都壞了好幾年，為何不讓它跛下去？」陳居士叱責着。

坤叔很慚愧，沒有信心的道：

「我已經三十幾歲人了，戒了很多次也不成……」

「我也三十幾歲人了，每天還不是要像嬰兒般重新學習轉身、下牀、上輪椅這些動作！問題在於你是否有決心從頭做起。只要你有這份勇氣，在天父的眼中，一切都是可能的！」

坤叔聽後，本來混濁的目光，像是重新閃起了光芒。

幾天後，明仔差點又要闖禍了，他拿着水槍跟其他孩子玩兵捉賊，閃避間卻射中了坤叔。大家以為坤叔又要破口大罵，可是他深呼吸了一口氣，才吐出了這幾個字：

「馬騮仔，你想幫我洗臉嗎？」

大家都大大地呼了一口氣！

未幾，坤叔可以出院了。望着坤叔那像柴枝的背影遠去，我不知怎的眼眶濕了起來。

骨是換了，但能否「脫胎」而重新做人，絕不單靠醫生的手術刀！

但願花常在

瑪麗醫院的兒科病房，從前設在舊院的六樓，分開 A6 和 B6 兩座。入住這兩座病房的其中一座，都俗稱「住大房」。記憶中，我是 A6 病房的常客，當然也偶爾會因 A6 病房擠滿了孩子，而住進 B6 病房的。那時的我，最喜歡擅闖對面的病房，呼朋喚友的大鬧一頓，吵得兩座病房之間的走廊熱鬧非常！

A6 病房鄰側，有一個特別房。那是一間有電視和冷氣設備的獨立病房。我相信住在裏面的孩子，一定不會喜歡那兒，因為裏面只有孤清清的兩、三個小孩，而且被關進去，就不准走進大房，跟其他小朋友玩，活像坐牢似的；更要命的是要給剃光頭！

大房中住着患上各種不同疾病的兒童：有患上腎病的、糖尿病的、貧血的……而我更是哮喘病、血溶症和血友病集於一身。所以每次入院，都要帶齊各項病症的覆診卡，以免有所遺漏。

我們這羣孩子，在成長中，一次又一次的聚聚散散，建立起一份又一份的友誼。直到現在，我還時刻懷緬從前的每一件事，每一個人……

有一年，我參加了學校每個週六的教理班。有一次教理班完結，等了很久也不見爸爸來接，急得心慌起來，便自己步行回家。我以為依着爸爸平日駕車的路線來走，一定可以很快回到家，哪知路原來是那麼的遠，走至半路中途，哮喘便發作起來。

僥倖保住小命走到家，我睡了整個下午，但到了當天晚上，仍喘得要命，只有無奈地讓媽媽送我進醫院！

在醫院安頓了一切後，我累得立即合上眼皮，進入夢鄉。第二天醒來，隔鄰原本空空的牀位上，躺了個患貧血病的女孩子。從護士的口中，我知道她的名字叫婉君。

婉君很多說話，在病房才住了一個晚上，便已吱吱喳喳的吵個不停。她的另一邊睡了個不懂說話的嬰孩，於是她就只有一整天的逗我閒聊，一會兒問我的名字、年紀；一會兒又問我的入院經過，主診的醫生是誰。而我，往往要拉下套在口和鼻上的呼吸器才能說話，既討厭又喜歡——討厭重複那拉下口罩的動作，卻喜歡跟她聊！

婉君也有惹我煩厭的時候。由於我曾經告訴她，自己的哮喘病是在上完教理班後，獨自步行回家時發作的，於是每次進餐時間，她總會鬼頭鬼腦的囉嗦我：

「咦！你又說自己是教徒？怎麼吃飯時不唸餐前經的？」

她說罷，總會自顧自的合上一雙大手板和大眼睛，咿咿哦哦的祈禱！我給她囉嗦得多，也漸漸學會跟着咿咿哦哦的念飯前經了。

婉君也很喜歡常常纏着阮姑娘，一會要她為我們買糖果，一會兒又要她教我們摺紙鶴，於是，我們就名副其實的成了「有福同享，有禍同當」的「難兄難妹」了！

那一次，我比婉君早痊癒，但為了能夠多陪婉君數天，我居然詐作哮喘病復發。實習的呂醫生當然沒有給我騙過去，還打趣的問我是否捨不得「女朋友」？我和婉君竟一同點頭！

除了婉君以外，俊仔跟我也頗有緣分，幾乎每次入院，都會碰上他。為此，我曾經懷疑過，他是否根本一直未有離開過病房半步！

俊仔患的是腎病，所以愈病愈胖。看見他每餐吃的跟我們不一樣（他吃粉或麪，但我們吃飯），曾經想過他是否為了減肥才進醫院呢！

在飯前囉嗦我的婉君，愈病愈胖的俊仔，和喜歡扮李小龍的我，漸漸的成了三個要好的「小童黨」。每次無論是我要注射凝血素，還是婉君要注射「去鐵針」，另外兩個小鬼都會一同竄進「打針房」，嘻嘻哈哈的吵個不停，差點把醫生吵死了！

那時候，呂醫生還在病房做實習。有一次，我們在「打針房」吵得他慌了，竟誤把過濾器當作針嘴接到針筒上，匆忙間還給針嘴刺傷了手指。我們看見笑得人仰馬翻，把他氣得滿面通紅。他從醫生袍袋中取了個大號針筒出來，裝腔作勢道：

「小鬼！再笑就用這個給你們戳手指！」

還是婉君反應快:「哈！還說自己不是冒牌醫生？『阿喱』都知戳手指不用針筒啦！」說罷，嬉皮笑臉的伸舌頭。

連番對話，把我們逗得哈哈大笑，連呂醫生也忍俊不禁，強忍着那不由自主的面部肌肉，捉住了我的手臂來戳！誰說用打針來唬嚇孩子最奏效，起碼我們就不怕它呢！

有些時候，我們三個小鬼會被分配到不同病房，但總有辦法「潛逃」到對方的陣地！有次我給送進B6病房，而且牀前還掛了「不准起牀」的牌子，但晚飯的時候，住在A6房的俊仔和婉君竟然趁護士長「交更」，偷偷竄進來，在我牀上撒滿了「樂高」積木。

病房每天都有三個固定時間給病童點名派藥，玩得高興之際，我隨口問了句:「是否到了派藥時間？」

經我這一問，俊仔立即鬼頭鬼腦地走去看鐘，不多久就走回來大嚷：

「糟了！原來已經十一點九啦！」

「過了吃藥時間不回去，會捱罵的……」

我還沒有弄清到底是「九點十一」，還是「十一點九」，婉君跟俊仔就已一溜煙的跑了，只剩下牀上的那個爛攤子！

有天午後，俊仔一蹦一跳的從護士房走進來，邊走邊嚷：

「嘩！『發達』啦！ Sister說這個星期天，可以讓我們上戰鬥機玩呢！」

正在替病人探熱的阮姑娘，轉身過來，更正道：「是空軍直升機，不是戰鬥機。」

「那麼即是說，我們都可以飛了，是嗎？」飛，一直以來都是我的夢想，我開心地大嚷。

「嗯！不過你們要問准媽媽，得到媽媽批准，才會讓你們參加的。」說罷，阮姑娘已把兩根探熱棒分別遞進我和婉君口裏。

這時剛巧是探病時間，婉君的媽媽也在場，聽到了一切。俊仔乘機試探她。

「Aunty，妳會讓婉君參加的，是嗎？」

含住了探熱針的婉君，就像看見了「雪糕香蕉船」的孩子，向媽媽流露出渴望的目光。

「不！婉君是女孩子，不會喜歡這些刺激玩意的，還是你們倆去玩吧！」

「但……婉君應該也想去的，是嗎，婉君？」俊仔還是死心不息。

這時阮姑娘已把我們口中的探熱棒取去。婉君偷偷望了媽媽一眼，緩緩地把頭低下來，搖了兩下，伏在媽媽身上：

「不，不太想去！」

晚餐後我仍為此悶悶不樂，婉君走過來想逗我說話：

「喂！幹嗎整個晚上也鼓起腮嗝！」

「妳明明想跟我們一起上直升機的，怎麼不說出來？」我氣急敗壞的道。

「雖然我想去，但媽媽會不高興的。」

「那妳情願放棄了嗎？」我氣得兩足頓地。

「如果會教媽媽不高興的話，我就不想去了！」她就是這樣的乖巧、聽話。

我們在病房裏的歡樂聲，並沒有維持得太久，因為過不了多久，婉君就被關進特別房了！我的心目中，特別房是受罰的孩子才去的「鬼地方」，怎能讓婉君住進去呢？可是她又似乎對獨立病房表現出求之不得的喜歡！我真擔心她的頭髮給剃去後，會失望得接受不了！

婉君被送進特別房以後，我好幾次進出病房，都碰不到婉君和俊仔。其實他們根本未有離開過。婉君那一頭烏亮的長髮，已不知從哪時開始，變了頂鴨舌帽；俊仔則愈來愈胖，像水腫似的，腫到連眼皮也睜不開！

傻仔給轉介去專科醫院之前，我們三人最後一次聚首。我和傻仔花了整個下午，才求得護士長允許，在晚飯後走進特別房跟婉君玩幾小時。我們分別取來了自己私藏的克力架和牛肉乾等小吃，開了個「大食會」。大家吃得興高采烈之際，我不知為什麼心中忽然有種說不出的感覺，就像小孩迷了路似的慌張、徬徨。傻仔和我心有靈犀，他忽然嚎啕大哭起來，嚷着不要去專科醫院了。給他這麼一鬧，我和婉君都禁不住瀉出了在眼眶裏打滾着的淚珠，三個人像三重奏似的哭作一團，把值夜的阮姑娘嚇傻了！

第二天早上，未待醒來，傻仔已給帶走了！至於我和婉君，又再被分隔在不同的病房裏。

婉君的身體一天比一天差，就是她父母來看望，也要穿上「隔菌袍」，護士長也不能再讓我進入「房仔」了！透過特別房外的玻璃窗，我只可瞥見她臉上那雙大眼珠，和變了灰色的嘴唇。有時候，也會見到她在房內摺紙鶴，然後就要阮姑娘帶出來，送給我和其他小孩。

一個酷熱的晚上，特別房傳來了異常緊張的氣氛。阮姑娘從特別房衝出來後，一口氣撥了好幾個電話，還未待把聽筒放下，一班穿上大袍，戴上口罩的醫生和護士，已推着一車車的儀器、藥物，衝進特別房。阮姑娘也匆忙穿上白袍，並在特別房門前，拉上一個白色的屏風。我瞥見這一切，一顆心像鉛錘似的直向下沉……

終於，阮姑娘出來了。她一邊拉屏風，一邊揩眼淚。這一刻，我彷彿看見醫生護士，全化成白色的天使，從特別房中把婉君接走。

當時我年紀雖然小，倒明白這叫「死亡」，它完全有別於電視劇裏，奸人角色一次又一次的「死」；這一次，婉君真的給帶走了。這是我第一次接觸死亡，一切景象都間接而模糊，但感受卻是真實的，因為我失去了一個好朋友！

那個晚上，我夢見婉君從特別房走出來，質問我怎麼當晚沒做睡前祈禱。第二天醒來，很希望昨晚的一切，全是做夢！

想起了婉君的這刻，我的耳畔又朦朦朧朧的響起她吟詠聖詩的歌聲：

「祂未曾應許，天常蔚藍；祂未曾應允，花兒常開。祂卻恩許，祂的慈愛常在……」

婉君，再見了！

我要高飛

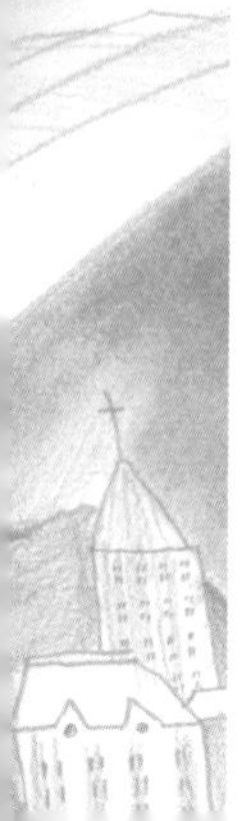

電影尺度有分級制，醫治哮喘病，也分三級制！輕微的哮喘，只需在門診部候診，由醫生注射一針，然後拿個噴霧器回家，定期吸用就可以了；嚴重一點的，就要送進病房，掛上鹽水架注藥物入體內，有時還可能要戴個呼吸器；最嚴重的三級大哮喘，除了要吊鹽水和掛上呼吸器外，病牀還要架上一個大帳幕，用乾冰把氧氣和藥物灌進帳幕裏，在一個「大氣層」裏面活。

每次哮喘病入院，我都嚴重得要接受三級治療。跟我一樣患嚴重哮喘病的，還有華女。也許是同病相憐的緣故，我們誰先可以下牀，都會到對方的牀前，陪對方玩。

華女雖然是個女孩子，可是卻男仔頭得很，男孩子的遊戲，她每一樣都會。病房裏兩部小型足球機，其中一部就常被華女佔用。她很喜歡足球遊戲，除我以外，病房中幾乎沒一個人是她對手，所以她最愛跟我玩。我們往往一玩就是大半天，而她總是要纏到跟我分出勝負才肯罷休！她又愛跟人家「拗手瓜」，雖然自己是個男孩子，但自問也比她遜色！

升上中學以後，我的哮喘病已漸痊癒，鮮有復發，但華女卻仍嚴重。很多時她跟我上樓梯，走不了一會，都要停下來喘氣，可是她卻偏愛逞強，不肯在人前認輸。

最後一次在兒科門診碰上華女，是在中一那年的暑期。那時華女正為媽媽不讓她參加習泳班而悶悶不樂，但我並不曉得怎樣開解她。

「不要這樣吧！媽媽也是為了妳健康着想，才不准妳學游泳啊！」

「不！若每次也是這樣，我就永遠贏不了病魔的纏擾。儘管媽媽不讓我游泳，但現在我每天也用五分鐘時間，在浴室練習閉氣竅門。」

「這樣……也會有效的嗎？」我吃驚地說。

「你不是告訴過我，從前折斷腿骨時，也嘗試過忍着痛楚，偷偷在牀上練習收緊大腿的肌肉嗎？看，現在你的膝患已根治了，但我的哮喘病卻常發作。我要以你為目標，終有一天我要跟你一樣棒！」

她這樣的誇讚，教我羞得耳根也紅了。

「那時候，我們還要在沒有疾病束縛的天空海闊底下，大聲的叫、大聲的喊；再沒有醫生、父母的管束……」她喘着氣說。

華女就是這樣倔強、不屈。在這一刻，我忽然懷想起婉君的乖巧、順從。到底默默地承受生命的一切苦樂，還是勇於挑戰命運的擺弄，才是真正的堅強呢？我到了現在，還沒有明白過來。但無論是華女的對抗疾病，或是婉君的接受病苦，在我心目中，都是一樣的堅強！

那一次覆診完了，華女跟我分別時，忽然泛着淚光，緊捉着我的手：

「要好好保重呀！無論將來遇上任何的厄運，千萬不要氣餒啊！只要堅持理想，我永遠都會在你背後支持你！」

我被她的話感動得眼眶也濕潤了。雖然奇怪她何以如此感觸，但也沒有怎樣放在心上；或許這次是我們最後一次在兒科病房見面吧！病童一到了十六歲，就要離開兒科病房，按不同的疾病轉介到專科去；我之後會轉到成人病房的血科，而華女就會去耳鼻喉科，她也許是不捨吧！

以後的好幾年裏，我在健康和學業上都發生了嚴重的變化。每一個早上醒來，我都盼望昨日的一切全是個噩夢，可惜這個噩夢至今仍未完結……當中經歷過停學、病痛的煎熬，好不容易才總算完成了預科課程，但我的身心，早已疲累不堪。

在這段日子裏，我也偶有跟華女通信，知道她終於學會游泳，哮喘病也根治了，還成為大學泳隊的選手！相比之下，我不禁自慚形穢，亦沒有勇氣向她明言自身的一切轉變。

高考完畢後，她常陪我習泳、打球，又跟我說一些我不熟識的國際賽事。這時的她，已經不再是從前那個只會喘氣的小女孩，乃是個身手矯捷的女健將了！每次打球，她都故意讓我，但在她口裏，卻常誇我的堅強！

過不了多久，我們又成了要好的知己，大家無所不談，可是對我們彼此的病況，卻又好像各自戴上了面紗那樣神秘！其實她的哮喘病還沒有徹底根治，但又偏愛逞強，很多時運動過後，我都見她偷偷取出噴霧氣來吸，但她對各項運動的熱愛，卻始終未曾退減！

預科試的成績公佈了，我的三個主科竟全部落第。雖然說是「志在參與」，從來沒甚期望，但卻沒想過結果會教每個人都失望。我開始找尋地方，「埋葬」自己……

打壁球是一種不錯的消閒運動，你可以肆意地抛出滿腔的抑鬱，把憤怒和悲傷，發洩在一個掌心大小的圓球上；在剎那間，揮出一切積聚在歲月中的無奈。

華女搖晃着一頭濕透了的短髮，在我身旁坐下來；而我，卻早已累得氣喘如牛了！

「找了學校沒有？」華女輕聲的問。

「不找了！現在這份暑期工當作長工也不錯呢！遲些我還要學髮型設計，五年後我要開髮型屋……」我言不由衷，但卻故作輕鬆。

「那麼寫作呢？那才是你的理想啊！」她不可置

信的驚叫。

「唉！當個髮型師也可以是我的理想！」

「但……你本來不是這樣的嘛！為何要埋沒自己？」

我難堪地緊閉着雙眼，抓住那頭刺手的短髮：

「算了吧！我已很厭倦！這不過是個遊戲，上不了大學也沒有什麼大不了，只是我適應不了這個遊戲規則……而且……我真的很累……」

「還記得從前怎樣從輪椅上站起來嗎？連醫生也要放棄，卻給你奇蹟地扭轉過來！為何十年前的你可以從厄運中站起來，今天卻不可以啊？」

「妳根本不知道，在我身上發生了什麼事！那簡直是個——可怕的噩夢！」

「不，一切我都知道！」她說得斬釘截鐵。

我呆呆地凝視着她。

她低下了頭，緩緩的道：

「對不起！那一次在兒科病房覆診時，我趁呂醫生走開去接電話，好奇地偷看了其他人的檔案……」

原來，這個秘密她知道得比我還要早！怪不得那次覆診完畢後，她好像有點失常。

「妳……難道不怕嗎？」

「不！我還要證明給你和每一個人知道，一個病是否可以根治，並不在於醫生口中的三言兩語；也不在於化驗報告上的數字；更不在於目前醫學領域的有限知識！」她目不轉睛地凝視着我：「卻在於我們堅持下去的信念！」

「所以妳忍着哮喘發作的痛苦，來參與劇烈運動，卻瞞騙大家説疾病已根治了！」她以身體力行去證明自己的信念，更重要的是，她證明了，病者並不就等於是弱者！

她忽然雀躍地捉住我的手：

「不如這樣吧！如果我在下星期的渡海泳中勝出，你要跟我去找學校的！」

「天啊！沒可能的！妳根本連能否完成整項賽事也成問題！」

「那你是不是認輸呢？」她居然還嬉皮笑臉。

她對我的關心，令我感受到一股無形的束縛和煩擾，我討厭地咆哮着：

「為了什麼？那到底是為了什麼？為證明妳一直堅守的信念嗎？妳早已做到了！為了我？那根本不值得！我的一切，根本與你無關！」

我奔出了球場，拚命去掙脱她的赤誠……

可惜，有些事物是你愈要掙扎，就愈逃避不了的！尤其是當你知道世上還有人願意關心自己時，口説放棄又談何容易！

渡海泳舉行那天的大清早，就已有上百的健兒，在岸上作熱身運動。在一片充滿韻律和動感的人海之中，我好不容易才找到了華女，她的狀態似乎蠻不錯哩！

「華女！」

「嗨！你也來了！」

「我們是朋友嘛！哪有不來為妳打氣的道理！」

「上次硬要跟你打賭，是說說罷了！如果勉強了你，千萬不要放在心上……」

「什麼？說說罷了？妳好啊！我還挺認真地去師範和理工取報名表……」

「你取了申請表？」她拉住了我的手道。

「不過我並非要跟妳打賭，只是自己心血來潮走去報名！不要以為我為了妳，妳就要不自量力去跟人爭冠軍啊！」

華女伸了伸舌頭：

「不！我明白的！今日輸了，還有明天嘛！」

這時候，召集運動員的槍聲響起。

我拉着華女的手：

「記住要留氣啊！我，我在對面岸等妳！」

她點了一下頭，就走到海灘前面去。

隨着召集員發出的第二發槍聲，選手魚貫地撲進水裏去。剎那間，我已找不到華女的蹤影。

我暗中緊合雙手，祈求天父讓她平安完成整項賽程。雖然華女能否出線，還未可知，但在我的眼中，她早已勝過了其他人！

波子

在兒童病房裏，患血友病的孩子其實不算多，但偏偏每個都是「奀皮仔」，當幾個「奀皮仔」同時在病房出現時，就是護士和阿嬸最頭痛的日子。

智濬、家明、勇仔和我，都是幾個年紀相若的「奀皮仔」，患的也是血友病。我們一起的歲月，全在病房裏度過。我們每次的共聚，雖都很短暫，印象卻十分深刻。

那時候，我們最愛圍着智濬的牀玩紙牌，還會像電視劇裏的「南神眼」、「北千手」般賣弄洗牌術，而家明更會在旁哼起「千王之王」的主題曲，好不熱鬧！

後來，由於護士長不准我們疊紙牌，於是學唱電視上的廣告歌，遂成了我們最大的娛樂，什麼：「麥當勞叔叔做警長，我哋醒目又啱使，咪睇我哋人仔細細……殺人放火兼非禮……」，「安心服用養陰丸，好似雪人融化了，太陽出來了！」等，我們都愛哼個不停。後來，護士長被吵得煩了，只好讓我們入遊戲室玩火車模型（本來要乖的孩子才會偶爾有得玩）！

勇仔在我們當中，是最聰明的一個。那時候他才不過十歲，就會替自己注射凝血素，不用倚賴醫生和媽媽！勇仔的膝蓋沒有像我和智濬一樣壞透，只是左手的關節不太靈活。所以我們都很羨慕他，希望以他作為自己的目標！

家明在我眼中，是個富有的孩子。他擁有的超合金機械人，多得可以開間玩具店。若果他把那些「鐵甲萬能俠」、「鹹蛋超人」保存至今的話，一定可以升值。

我們四個中，以智濬最為搗蛋。有次，許姑娘想請他幫忙抹乾洗淨了的藥杯，他抹乾了後，就把藥杯疊起來，再用抹杯布把杯捲着。我們不明所以，問他為什麼這樣做，他竟說那是醫院樓下士多所賣的豬腸粉，把我們逗得哈哈大笑。他又愛做一些無聊的事，如把病房中某些孩子牀下留小便化驗用的「酒杯」，在晚上偷偷都沖到廁所去！

在下午的探訪時間，我們的媽媽不時都會帶着我們，一起到醫院下面的小露台處自成一角的聊天。至於我們幾個「奀皮仔」，就會對着即將落下的夕陽，高聲地唱：

「斜陽裏，氣魄更壯；斜陽落下，心中不必驚慌！應知道聽朝一番新的希望……」

四個「奀皮仔」又會大聲疾呼：

「將來我要當醫生！」勇仔用雙手作擴音器，按着嘴巴大喊。

「我要學李小龍，做武打明星！」我一邊喊，一邊學李小龍那撥鼻尖的動作。

「我要開間模型店！」家明舉高手說。

四個人中，就只有智濬沒有講過他有什麼志向。每次當我們的目光，都集中在他的身上時，他都會裝作滿不在乎的樣子，伸伸懶腰，然後站起身來說：

「呵——欠！發完了夢吧！回去了！」

智濬就是這樣的一個怪人，恐怕中了聯歡會抽獎的大禮物，也不會開一開那緊閉已久的笑臉。不過他與我們很「死黨」，從來都沒有像欺負其他病童似的作弄我們。一直以來，他只跟家明打過一次架。

那次，家明弄穿了智濬那副波子棋的盒子，智濬兇得揪住了他要打。後來我們才知道，那盒波子棋是智濬爸爸送給他的。而那時候，他爸爸媽媽正在鬧離婚！

於是，我們合資買了一個玻璃瓶，送給智濬盛波子。那是第一次，我偷看到智濬眼眶泛着淚光。

智濬的父母離異後，智濬的腿子一天比一天的差，也比從前愈顯沉默了。他常常伏在病房的窗架上，呆呆的望着薄扶林道下面的大海出神，像要從那幾艘寥落的帆影中，找點什麼似的！

不久，家明要走了，他要舉家移民到新加坡去。告別的那天，我和勇仔跟家明，都像是有一堆堆說不完的話題；倒是智濬，一直都默然無語。可是，到了分手的一刻，他卻一拐拐的走到自己牀前，捧出半瓶波子，遞了給家明。我們都不料智濬有此一着，不知如何是好之際，智濬已把玻璃瓶推到了家明懷中。

「拿着去吧！會為你帶來幸運的！」

家明笑了一笑，接了過來。

「謝謝你……保重身體啊！」

這以後，我和智濬的膝蓋都愈來愈壞得要緊，即使不用住進病房，每個週末都要一同往見物理治療師。相反，勇仔的情況卻非常穩定，他媽媽甚至安心讓他自己一人往來醫院覆診、取藥。勇仔就是一個這樣獨立的孩子！

我先後因為矯正膝蓋，和駁回斷骨，在骨科醫院過了大半年時間。這段日子，都沒有跟勇仔和智濬見過面。不過，從骨科醫院出來後，回兒科部覆診時，卻碰過勇仔好幾次。他那時的狀況漸趨穩定，儼如一般健康無恙的孩子，除了每兩個月要向學校請一次病假，回到醫院覆診外，過的全是平常中學生的生活！那時候，我真懷疑病魔是否早已離他而去，也深深的相信只要像勇仔那樣，病況穩定的話，面前的路途必定會比從前平坦得多！

可是，我卻鮮有機會碰上智濬，只能在回骨科醫院做物理治療時，透過在骨科病房裏認識的「高佬」，得悉智濬的近況。高佬告訴我，在我離開骨科醫院後，智濬卻住了進去，不過他還像從前在兒科病房時一般亂耍脾氣，不單把護士和阿嬸都嚇怕了，連整個病房的人，也不喜歡他的橫蠻。高佬還說他精神好像有問題，好幾次他媽媽想為他注射血清時，他都像發瘋了似的，推跌了媽媽，指着那根針管大喊：

「有菌！裏面有菌！不要害我！」

我當然明白這個意思，他的恐懼並非沒有根據，後來豈不都證明了我們全被藥物裏的「菌」所害嗎！智濬的話，只不過是噩夢的先兆罷了！

終於勇仔的驟然逝世，為我們掀開了噩夢的序幕。

最後一次跟勇仔見面，是在中一學期尾到兒科部覆診的時候。那時我正為媽媽不讓我參加學校舉辦的生活營，而向勇仔大吐苦水。勇仔聽後也無奈苦笑，滿有感觸的說：

「其實我一直也希望踢足球，但就是因這個病，不獲教練批准。他們常說我們患這種病的孩子搗蛋，但他們又怎會理解我們不能正常地參與課外活動的難受？」

「不如有空我們約出來一起打乒乓球、游水啦！」我拉住他說。

「好啊！不過會否又是遙遙無期呢？」

我們相視而笑，卻想不到他的話竟一語成讖！

一個星期以後，李醫生搖了一個電話來，把我和媽媽召喚到兒科部。我們抵達後，李醫生一面安排呂醫生為我抽血，一面把媽媽拉進另一個房間裏詳談！當我看見呂醫生沒有像平常一樣説個不停，而門診部各人的神色也都凝重時，我就心知不妙了。待媽媽跟李醫生從房間裏出來，一向充滿權威的李醫生眼眶也通紅，我的心更凝結了！

回到家裏，媽媽才幽幽的告訴我勇仔病逝的消息。這是一個多麼令人難受的事實啊！我沒有問，也不想問，因為明知答案是假的。媽媽説，李醫生只告訴她，勇仔替自己注射時，因消毒工夫做得不足夠，傷口受細菌感染而發炎致死。真是這樣嗎？我不想知道真相，也許這就叫做逃避吧！

據勇媽説，勇仔的後事，早已由院方「迅速處理」了！就是連勇仔的一根頭髮，也沒有留給他的家人。我們後來跟勇媽去拜祭的，只是一個空的骨灰甕和勇仔生前影下很帥的相片！那一次拜祭，智濬也有出現，但卻不發一言。那是我自骨科醫院出來後，第一次重遇智濬，但他連問好也沒有跟我説，只顧把手插在褲袋裏，揉來揉去！

我們送勇仔走了最後一程。在眾人都不察覺的當兒，我瞥見智濬偷偷從褲袋，抓出了一些波子來，放進了靈位內勇仔的照片背後。每次我們當中，有人要離開時，智濬都會送他一些波子，或許那就是代表祝福吧！

這以後，智濬給轉到了大人房，我因為比智濬小兩歲，所以仍然留在兒科部。李醫生一直再沒有跟我提起「病菌」的事，於是我也就理所當然地以為自己已免疫！但其實受感染早已是我們不可逃避的現實！

再次跟智濬見面，是在好幾年後的羈留病房裏。他為了別人一句侮辱的話，把染血的針管刺向對方，於是就給鎖了起來！

他上庭的前一天，我帶了一瓶波子探望他，希望會給他好運。

在病房外的長廊上，我看見一拐一拐的智濬步出來，身旁跟着一名窮追不捨的女記者。

「接受訪問講幾句啦！你不想讓公眾知道真相嗎？」

智濬揚一揚手：

「一句話，八千元；付足我一萬元就讓你照相，包你篇訪問上頭條！」

「我哪有這麼多錢給你嗝！不要這般現實好不好？就當聊幾句囉！」

智濬看見了我，有點訝異。

「子鷲……」

那女記者見不得要領，只好暫時離開。

「這樣吧！要是你心中有話想說，就跟我聯絡吧！」她遞上自己的名片，也給了我一張，就揚長而去。

找了張長椅坐下後，我遞給他波子瓶：

「還有收集波子嗎？」

「沒有！」他冷淡的道。

「為什麼？」

「波子令我想起了爸爸、家明，還有勇仔。他們都離開了，而且永遠也不再回來……我把從前儲的波子都丢了，因為我不願有一天，連你也要由我手上接過這些鬼東西。想不到，你現在卻給我這個……」他搖搖手上的瓶子：「看來我也時日無多了！」

「不！呂醫生説，終有一天，總會找出辦法來的！要堅持下去！」我激動得直喊。

智濬聽了這話，呆了好一陣子，但不到十數秒，他就怪笑起來。

「哈！哈哈！哈哈哈！很好！很好！虧你還相信他們的話！哈哈！」

他捧起了我的波子瓶，說了聲「謝謝」，就帶着一聲聲的怪笑，走回病房。在他一拐一拐地還沒有走遠時，我不甘心地大聲哼起了那首歌：

「斜陽裏，氣魄更壯……」

忽然，他又好像給歌詞點了「穴」似的，止住了笑聲，停下步來顫抖着，我又繼續唱下去。

「斜陽落下，心中不必驚慌！應知道聽……」

還沒有待我唱完，智濬又是一陣的怪笑。這陣怪笑，伴隨着不規則的腳步聲，漸漸在風中隱沒了。

面對着生命的荒謬，我不能學智濬那樣，可以肆意地怪笑；我所能夠做的，就只是帶着無奈的苦笑，繼續上路。

為那已喪失了將來的人來說，生命是一個諷刺。能夠把這諷刺視作利錐，時刻把自己刺痛而奮勇向前的，才是真正的強者。但在這個沒有將來的時代，強者又可以有幾個？

幸運鶴

一個下午，從深切治療室那邊，送來了一具「木乃伊」。他的手和腳都用木板固定着，全紮上了繃帶，頭額也包滿了紗布，再加上那蓋到下顎的頸箍，整張臉就只有三分一可堪辨認。他睡的牀是特製的，掛滿了大大小小的法碼，把手腳都吊高了。

周姑娘說這具「木乃伊」曾遇上交通意外，昏迷了好幾天，才從危險期中漸趨穩定，萬不能再受滋擾！所以才送到特別房來，千萬碰不得。

木乃伊未搬進特別房之前，特別房內只有唯一一位「房客」── 小遠。他原本住在大房，由於開始接受一個注射療程，為了便於觀察療程進展，也為了不讓他那易於波動的情緒，影響到大房的孩子，所以就被搬進了特別房去。

這一天，小遠喜見病房中多了個伴，但周姑娘卻說不要騷擾他，於是就只有好奇地凝視他病牀上大大小小的滾軸和法碼。

木乃伊遷進特別房不久，他的父母就來看他。木乃伊的爸爸是個大忙人，他行色匆匆地跟李醫生走進特別房，神情雖然和木乃伊的媽媽那樣焦灼，卻多出一個「週期性看錶」的小動作。

「醫生，小兒今天會醒過來嗎？」

李醫生摸摸下巴：

「難說得很，那要視乎他的體質對麻醉藥的反應如何，但正常來說……」

木乃伊爸爸的傳呼機忽然響起。

「啊！對不起……嗯！是，正常來說，會怎樣呢？」他一邊注視傳呼機上的數字，一邊問李醫生。

「正常來說，這天內他就要醒來，你可以安心，我們會密切留意他的情況。」李醫生笑說。

「那一切拜託你們了。」他轉身跟太太說：

「這樣的話，我不留下陪妳了，他要是醒了過來，妳打電話到公司找我吧！」

他太太怔怔的望着他，失望地說：

「非回去不可嗎？」

「對不起！有消息立即通知我吧！」

結果，木乃伊在當日的傍晚醒來，他媽媽給他餵了點粥，但他爸爸那天卻沒有再來。

小遠的媽媽這個下午也來過探望兒子，還帶了他愛吃的炸雞髀。李醫生說過，小遠過幾天又要注射抗癌針了，可能又會有好幾天倒胃口，所以他媽媽這天為他預備了好東西吃。

此後一連幾天，由於藥物作用，小遠整天都倒在牀上，沒精打采的。而木乃伊由進院開始，始終未發過一言。於是整個特別房內，都是沉寂的氣氛。

過了四、五天，小遠的精神恢復過來，又開始冒起對那木乃伊的好奇心了。他始終不明白，木乃伊牀上的軸輪和法碼，到底作何用。觀察了好一會，他結果還是禁不住內心的好奇，走了過去，拿起其中一個法碼，提在手中研究。

法碼比電話還要重，繫着一條繩索，穿過軸輪，再扣住木乃伊的腳底。

小遠把弄了良久，也不知其所以，於是就隨手放下那個法碼。

「啊！」

當小遠拋下那法碼之際，木乃伊竟痛苦地怪叫起來，把小遠也嚇傻了。而木乃伊的喊聲，亦把護士喚來。待大家問明小遠一切後，護士長重重地把他教訓了一頓。

原來木乃伊的腿骨斷了，折位重疊在一起，要以法碼的重量，把雙腿拉直，讓斷骨自然癒合。小遠的所為，不單教木乃伊痛得死去活來，更可能會令到折位無法癒合。

眼看木乃伊眼淚直流，卻不能說出一個字，小遠不禁內疚萬分。

當天晚上，小遠在牀上輾轉不已，久久也無法入睡。終於，他忍不住跳了下牀，來回踱步了好一回，然後走到木乃伊跟前。

木乃伊看見又是他，怕得雙眼瞪圓。小遠低下頭來，慚愧地說：

「喂！對不起啊！我⋯⋯他們只說你是『碰不得』，我不知道原來拿起你牀上的黑色圈圈，你都會這樣痛的⋯⋯你⋯⋯不會生氣吧？」

木乃伊的下顎給頸箍扣緊了，根本應不了小遠，只能把眼珠左右轉動，代替了搖頭的動作。

「喂！我叫郭志遠呀！他們都喚我小遠！喂！你是否聽見我的話？」

木乃伊又把眼珠上下轉動，看似明白小遠的話。

「可惜你不會出聲吖，要不就可以跟我聊天啊！我搬了進來整個星期啦，快要給悶死了。喂！你之前住的病房是什麼治療室啊？是不是大房⋯⋯不明白！我是問，你未進來之前，那個病房有沒有其他人陪你玩⋯⋯沒有⋯⋯」

小遠滔滔不絕地說個不停，木乃伊的眼珠滾不了一會，就像給催眠似的呼呼入睡了，獨剩下小遠還在喋喋不休！

第二天，小遠要媽媽為他帶來顏色紙。從此，他就每天摺一隻紙鶴，掛在木乃伊牀前。

木乃伊的爸爸隔幾天就來一次，但每次也匆匆而去。有天，他發現兒子的牀前，多了一串紙鶴，便問：

「那是什麼？」

「哦，是鄰牀的孩子摺給偉樑的，是幸運鶴

啊！」木乃伊的媽媽笑着望住了那邊的小遠。

木乃伊的爸爸壓低了嗓子：

「他有什麼病？」

「應該不會是傳染病吧！」木乃伊的媽媽像醒覺到什麼似的。

木乃伊的爸爸不悅道：

「你怎會這樣疏忽！不是了，一會兒要好好去問清楚李醫生。你看，他的膚色黑中帶灰，頭髮也給剃去了，說不定是癌……」

那個年代，人們對癌病仍存在着誤解，面對木乃伊那保守的父母，李醫生只能說沒有問題；但木乃伊的父母卻恨不得讓兒子快快搬離特別房。

當木乃伊的牀前掛上了第七串的紙鶴時，他已可以拆下頸箍和雙手的綳帶了，但下肢卻未完全康復。

「喂！你叫小遠是嗎？我叫偉樑啊！」

「我知吖！你爸爸媽媽都是這樣叫你的！」

「你教我摺幸運鶴好嗎？」

「好呀！不過你雙手好了沒有？」

「醫生說手已沒事了，就只是不可以下牀。是了！你患什麼病，為何每天都吞這麼多種藥丸？」

這時候，小遠一把吞下了七、八顆不同顏色的藥丸：

「仕孖蒂，仕孖蒂，又聰明，又可愛，大家快食聰明豆……」小遠一邊吞藥丸，一邊像着了魔似的哼歌。

「喂！食這麼多藥，你不覺得厭嗎？」

小遠聽了這話，停住了歌聲，思索了好一會。

「厭！當它是聰明豆食囉！」

小遠又自顧自地唱起歌來。

當特別房內掛上第二十串紙鶴時，偉樑已經不用再當木乃伊，可以推着學行架，慢慢的走動了。閒時，兩個孩子會一起做紙手工，偉樑又會跟小遠說很多聖經故事。

兩個孩子，很快就做了七十串紙鶴，但小遠體內的壞細胞，亦在此時復甦了。藥物顯然已失去應有的效用，小遠顯得精神萎靡，整天都昏昏欲睡，只會在給抽脊髓化驗時，因痛苦難抵而哭得淚流滿臉。

一個晚上，偉樑從夢中醒來，聽見小遠的呻吟，爬起身來看個究竟。

「姑娘，姑娘啊！」小遠有氣無力地喊。

「小遠，我在這裏，你要什麼啊？」偉樑走到他的跟前。

「水，給我水！」

偉樑斟了大半杯水，扶起小遠，餵着他喝。小遠喝罷了水，拉住偉樑要他陪，於是偉樑就握着他的手，跟他聊天。

「我死了，會上天堂嗎？」小遠氣若游絲的問偉樑。

偉樑鼻頭一酸，握着小遠的手就更緊。

「不會的……我比你乖，上天堂也要讓我先上，然後……才會……輪到你的！」

「幸運鶴摺滿了一百串沒有？滿了百串紙鶴，是可以許願求好運氣啊！」

「沒有……還差十來串罷了！不如這樣吧！要是我摺滿了一百串紙鶴，你就要好過來，不要再整天只顧睡覺……好不好？」

小遠點點頭，又迷迷糊糊地昏睡過去。

這以後，小遠開始陷入半昏迷的狀態，但也常有夢囈：

「又聰明，又可愛……聰明仔食聰明豆……」

「對不起，把你的腿弄痛了……不會怪……」

每次偉樑都會抱着一絲希望，探頭去看個究竟，希望小遠會清醒過來。

有天，偉樑正在為小遠摺第一百串紙鶴的時候，他爸爸忽然來到，説要接他到療養院做物理治療。偉樑當然不願意：

「不，小遠還未有醒來……」

「待會兒，小遠也要搬去那兒的，你就先走一步罷了！有什麼不可以？」他爸爸哄他道。

「真的嘛？」偉樑半信半疑。

「你問問李醫生吖！」

站在小遠牀前看牌板的李醫生，回過頭來，無奈地點了一下頭。

於是偉樑就給爸爸抱走了。

李醫生待他們走後，抱歉地跟小遠的媽媽說：

「對不起，那位陳先生說，不想孩子看到不該看的，造成日後不快的回憶，所以……」

「不！一切我都明白的！」小遠的媽媽，雙眼紅腫，點點頭道。

過不了幾天，小遠都給帶走了。曾孕育出一段寶貴友誼的特別房，只剩下那九十九串的幸運鶴。

沒有人忍心清理那些紙鶴，於是幸運鶴就一直掛在特別房內，為以後住在那裏的小孩，帶來串串的祝福。

友誼玻璃瓶

還很記得，第一天在幼稚園裏度過的小息。

那天的小息，同學們都圍成一堆堆的捉迷藏，但遊戲才開始不了兩分鐘，我這個小個子就被老師從人堆中拖了出來，並受了一番教訓。從此，不論是小息還是體育課，我都只有靜靜地坐在一角，呆看團體遊戲，幻想自己也是其中的一分子……

有一次，一位同學生日，他買了數十塊朱古力條，拿回學校派給所有的同學，唯獨是派到我時，卻說：

「你一向都沒有跟我們玩，我是不會請你吃朱古力條的。」

於是我就只有像被鴨羣孤立了的醜小鴨般，不開心地獨坐一旁。

其實那時候我所稀罕的，並不是那塊香脆的朱古力條，卻是別人對自己認同的那一份友誼。那是我首次，強烈地渴望擁有朋友！

正在我悶悶不樂地坐着的當兒，「近視眼」跑了過來。他坐在我旁邊，取出他那塊朱古力，分成兩半，遞了一份給我。

「不要緊的！沒有人跟你玩的話，你找我跟你玩吧！」

接着，他就拿着另一半走回去玩「捉人」遊戲。

從此以後，我在學校裏，多了個「近視眼」好朋友——安仔。

我跟安仔的友誼，始於高班的時候，直到小學四年級，還是要好的同伴。

不知道有多少次，他這冒失鬼把傘子遺失在圖書館，於是下課後，我們總一起打着傘，結伴去找。為了報答我，有時候經過校門的小販檔，他都會掏出幾塊錢，請我吃咖喱魚蛋！

有一次，我因為欠做數學習題，被老師罰留堂，把欠做的功課做好。安仔竟一直留在學校陪我，直到晚上七時我把功課完成，才與我一起離開，而且半句埋怨的話也沒說過。

在四年級那年，我膝蓋的關節，因積血太久而壞透了。

由於關節壞透，膝蓋無法伸直，走路時不得一拐一拐的，怪難看。同學中不知是誰，給我起了個綽號——患了小兒痲痹症的跛子。這綽號一經傳開，每次只要有一個同學帶頭取笑我是跛子，其他人就會一哄而來，「跛子」「跛子」的喚我。

安仔看見這種情景，會時常走來護着我，跟他們爭辯：

「就是跛子，也總好過你們這些『臭口仔』，無恥地嘲笑別人！」

不過在羣眾壓力之下，安仔也不能每次幫我跟他們鬥得贏嘴，只有拉着我走。

可是我和安仔之間，又曾因為這個「跛子」的綽號，鬧過一場漣漪四起的風波……

那是一個炎熱的下午，由於體育科的林老師因病請假，我就瞞住了代課的老師有關不能參與體育課一事，偷偷參加那堂的班際足球比賽。可惜由於隊員平日練習時欠缺默契，加上我這守門員經驗有限，造成多次的失球，終於全場敗北，好不丟面！

賽後，我們跑到食物部飲可樂，不知是誰先埋怨甲同學「獨食」，然後是乙埋怨丙失球，開展下去，全隊同學都在互相指責。我和安仔分別擔任球隊中的守門員和後衞，好幾次都因為安仔失球，導致敵方有機可乘，但他居然把錯失都推在我的身上，令我氣忿難平，於是我也和他針鋒相對。

「都叫你不要落場的了！你的腿走路時不方便，而且平日又沒有上運動課。看！我們都栽在你的手裏！」

「什麼？好幾次都是因為你的『近視眼』擺了烏龍，把球截失了，才教對方有機會乘虛而入……」

「什麼『近視眼』！是你這個『跛子』不會踢足球，把我們都拖垮了！」

「你……我要你跟我道歉！」

「什麼？你可以喚我近視眼，為什麼我就不可以喊你跛子？」安仔賭氣地說。

我當時氣得面紅耳熱，七孔生煙，氣呼呼地舉起手上的可樂瓶子。

「我跟你的交情，就好似這個玻璃瓶般，從此破裂！」

「砰！」的一聲，我憤慨地把可樂瓶狠狠地摔在地上，要跟他絕交，卻想不到地上的玻璃塊會把他弄傷……

終於，這事情驚動了訓導老師，而安仔亦因為被玻璃片割傷小腿，要入院縫針和注射預防破傷風菌藥物。不過，他卻始終不肯向訓導老師說出真相。

他這樣做，令我十分歉疚，卻始終沒有勇氣跟他說一聲「對不起」！

事後，我也有隨着大夥兒到醫院去探望安仔。但我們之間的關係，就好比那個被我摔破了的玻璃瓶一般，再也無法修補。他跟我見面時，就只是板着臉，不瞅不睬。

這以後，我因為膝患而進了骨科醫院。為了矯正關節及駁回斷骨，我在骨科病房裏共住了半年。到我可以離開骨科醫院時，已經停了課整個學期了！出院後，因為我走動不便，媽媽安排我轉到住所附近的學校上課。於是安仔就在我的生活圈子中消失了。

之後，我偶爾翻開從前的校刊，懷緬起以往跟安仔一起分享小吃和「落雨擔遮」的歲月，也內疚自己沒有為當日的魯莽而道歉。但當想起他那副不可一世的樣子，和蠻不講理的態度，又教我為自己的懦弱，編造了不向對方道歉的藉口。

轉校後，我每個週日，仍會回到從前學校隔鄰的聖堂參與彌撒。

一個陽光普照的週日，我因為要趕着回家上補習課，所以比平常早了一點出門，參加最早的一台彌撒。不料走到半路，天忽然佈滿陰霾，還灑下豆大的雨點，於是我只好步伐匆忙的趕到聖堂去。

那天，神父選讀了「瑪竇福音」（馬太福音）18 章 21 至 35 節：

那時，伯多祿前來對耶穌說：「主啊！若我的弟兄得罪了我，我該寬恕他多少次？直到七次嗎？」

耶穌對他說：「我不對你說，直到七次，而是到七十個七次……如果你們不各自從心裏寬恕自己的弟兄，我的天父也要這樣對待你們。」

神父一邊讀，我一邊想起了安仔，內心戚戚然。

彌撒結束後，外面正下着滂沱大雨。我因為忘記携帶雨傘，被迫滯留在聖堂的門口。時間一分一秒地過去，雨還在下着，眼見趕不及回家上補習課，心不禁焦灼萬分。

正當我陷於徬徨之際，耳畔卻響起了一把既陌生，卻又親切的聲音：

「想不到你也會有忘記帶傘子出門的一天！」

回頭一看，竟然是拿着傘的安仔！於是我就順理成章地跟他結伴同行，還在一路上閒聊着。

「原來你也是來這間聖堂的！」

「是啊！但為何我們每次也沒有遇上？」

「啊！我平常是參加第二台彌撒的，但今早要上補習課，所以提早一點來。」

「這真巧啊！要不也不會碰上！」

「也碰巧遇上你，要不我便不能依時回家！」

「你的腿已好了不少啊！」

「是呀，在骨科醫院住了半年，膝患總算解決了。你的腳傷又怎樣……」

「早已沒恙了！還多了半個月的病假呢……」

說到這裏，我們之間出現了短暫的沉默。

「你現在到哪裏上學？」

「在我家附近的一所小學。你呢？還在從前那裏上課嗎？」

「當然是啦！不過，自從你轉校不久，學校門前的小販檔都給趕走了。有時下課後走出校門，都會想起從前跟你吃咖喱魚蛋的滋味！」

我們一路上東拉西扯的聊着，就是誰也不肯先觸及從前我們之間的創傷，所結的瘡疤。

不經不覺，已走到我所住的那幢大廈。正要道別之際，我忽然按捺不住自己，搶過安仔手中的傘子。

「你在這兒等我一等！」

我匆匆走到對面街的辦館，買了兩瓶可樂捧過來。

「安仔，對不起！我摔破的瓶子把你弄傷，請你原諒我的魯莽！」我遞出了一支可樂給他。

他發怔地接過那瓶可樂，久久才能說話：

「其實是我向你道歉才對，我的話傷害了你，對不起啊！」他垂下頭說。

「好吧！我們就彼此原諒對方七十個七次吧！」我握住他的手道。

他抬起頭來，跟我相視而笑。此刻我才知道，原來跟別人說「對不起」，又或是寬恕對方的錯失，內心會是這般的舒暢！

從前的那個可樂瓶，雖然被我的衝動和魯莽摔破了；但今日我們手中，卻又重新捧着一個新的可樂瓶。這一次，我再也不會輕率地讓手上的瓶子摔在地上的了。

真的愛妳

如果說，要寫一篇文章，去描寫一個對自己影響深遠的人，相信多數人的選擇都會是母親；無他，此乃最典型的人物，隨便用什麼「春風化雨」、「眠乾睡濕」等，就可以寫成一篇洋洋大觀的佳作了。可是我絕不會這樣寫我的媽媽。她在我心目中實在太獨特了！

孩提時的我，每次跟媽媽上市場買菜，總要拉着她到肉食檔買豬扒，因為炸豬扒是我最情有獨鍾的菜式。若有豬扒吃，我就不會再嚷着要吃糖或買玩具了。但漸漸地，豬扒很少吃得上了，每餐吃的都是鹹蛋和豆腐乾。那時的我，年紀雖然小，也明白若不是這樣省吃儉用，每次我哮喘發作時，就不能有錢叫計程車送我上急症室了！現在回想起來，我才驚覺從前我們的日子，原是這樣的艱難。

最艱難的日子，是弟弟未出世的時候。那時要是我的膝蓋腫脹起來，就要難為媽媽前面挺着個大肚子，背上揹着我這個大包袱。若是遇上大廈那部獨一無二的電梯要修理，就真正「大倒霉」了！可恨爸爸那時是輪更上班的，這些苦況媽媽都不會說，爸爸也不曾知！

弟弟出世了以後，情況亦好不了那裏去。好多時我要趕往急症室，媽媽就抓了兩瓶熱奶和兩塊紙尿片，揹着弟弟抱着我，咬緊牙齦地走！最要命的是，不是上了急症室，就立即有醫生來看！很多時我們三母子在急症室一耽就可以是三、四句鐘，甚至是整個通宵。弟弟若半夜哭醒了，媽媽就只有把一瓶半冷不熱的奶往他嘴裏送……日子雖然是這樣，但媽媽從不會以孤軍作戰為苦。她的堅強，總教旁人以為那是理所當然的事！

後來，主診的李醫生考慮到若家長學曉注射藥物的技巧，孩子有需要時就可以立即接受注射。於是就請媽媽到病房學習注射的方法。

據媽媽說，第一次上病房學習注射，是很兒戲的：負責教注射的醫生自顧自調校好藥物後，再抽進針筒裏去，然後就往媽媽跟前遞來。

「可以的了！你自己試試罷！」他接着就逕自走去喝奶茶！

媽媽捧着我的手臂找了很久，血管其實早已找到，就只是找不到刺下去的勇氣罷了！良久，媽媽也刺不下，終於等到那醫生捧了杯奶茶回來。他回來後，好像是早知如此似的嘀咕道：

「唉！早就說你們這些婦道人家不行，要不還用我們醫生作什麼！」他說罷，就從媽媽手上搶過針管，二話不說往我臂上刺。

這一次，媽媽當然學不成師！

第二次碰上的是呂醫生，由於他那時還是剛畢業，沒有太多的病房工作，有充分的時間，指導得很悉心。

原來注射凝血素並不是簡單的工作，是要經過幾重步驟的。首先是「校藥」，即是把溶劑混和在壓縮藥餅的瓶子裏，之後還要待它們中和。這些過程要做得好，才能調校出純度較佳的血清。找血管通常都要靠彈力帶，把手臂紮緊了，血管就會自然浮現。針嘴刺進血管後，還要留意是否有血流進針管，才可以肯定血管打通了。注射完畢後，還有一套止血的學問要知呢！若果止血做得好，那麼用過的血管就能留待下次再用……這一切媽媽都用紙和筆記下，遇到不明白的地方，就即時向呂醫生提問。於是，她不久就學會了替我注射，我上急症室的次數自此少了許多。

媽媽曾是血友病協會召集人之一。那時候，年齡稍長的病友，都覺得有需要為自己成立一個病友互助會，但又怕忽略了兒童病房病童的需要，於是就找了媽媽加入他們的籌委會，成為兒童房的家長代表。

媽媽在病友會的工作很是吃力。她一方面要常向那些諸多要求的家長解釋這個那個；另一方面又要常常排解成人房一些大哥哥的偏激情緒，輔助他們推動會務。說實在一點，媽媽所當的，是個吃力不討好的角色，但她自始至終都克盡本分，從沒埋怨過。

曾經有一次，為搞聖誕聯歡會，好讓眾會友可趁機聚首一堂，媽媽向阿姨的出入口廠取了一批禮品。當阿姨看見只有媽媽和我來取那幾大袋的禮品時，生氣地道：

「怎麼只有你們來取？那班大男孩呢？他們幹什麼的？」

媽媽只好為他們辯護：

「他們的足踝壞了，行動不便嘛！」

我插嘴道：

「不！他們只說住得不近，不方便來！」

「難道就要你為他們把一切都安排好嗎？」阿姨氣得頓足。

媽媽就是這樣。除非她早知應付不來，一開始就不受委託；要是答應了，就必定貫徹到底，哪管它是多不合理的要求！

我的關節壞透後，媽媽就沒有再理會務了，因為她覺得有需要先料理兒子的問題，暫時把其他的都放下。

那段日子，媽媽每天也會把學校的功課，帶到骨科醫院，指導我去完成。她這樣做，本來是為了使我的學業不致丟下，但卻使我感受到沉重的負擔和束縛。

為了逃避課本，我為自己造就了懶惰的藉口：早上要作物理治療，根本沒有時間，到了晚上呢，病房又亮着電視機，太吵做不了！那個時候，每天最煩最怕的，就是媽媽來探病，因為她總會嚴厲的教訓我沒有把功課做好。就是整個病房，也知道我媽媽教導孩子的態度，是一絲不苟的。

也是到了日後，我才曉得欣賞媽媽的苦心和耐性。因為媽媽的諄諄善導，我沒有像病房中的其他孩子一樣，要花十年時間來完成小學！

媽媽亦是個處變不驚的人，還記得那次我跌斷了腿骨，她所發揮出的鎮定表現。

當她把我從地上抱起來，發現我的腿像斷掉了似的搖晃時，就當機立斷，替我注射凝血素止血。後來呂醫生說，若她不這樣做的話，恐怕我就要因大量失血而送命了！

跌斷了腿骨，自然就要打石膏把斷足重新駁回。那次所下的石膏，好比一條大了半個碼的棉襖褲子似的，把雙腿至腰部緊緊的裹着。要命的是那時剛恰是四月天，潮濕的氣候，令我那給石膏包住了的下身長滿了疹子，痕癢難耐；而背脊亦因臥得太久而潰爛。於是母親便在病房大吵大鬧，要護士給我一個較通風的牀位。再後來，我告訴媽媽想看電視節目，她又走去跟護士長給我成功爭取到個接近電視機的牀位。漸漸地，我開始懷疑我們母子倆是否太野蠻、太霸道、太過分了。

我上了中學以後，一切也可自己應付下來，於是媽媽又重新投入社會工作。為了照顧我，媽媽丟下了十年的青春，故重投社會亦免不了跟時代脫節，但由於她像從前學藥物注射似的認真不苟，不少嶄新的事物，都可以輕易上手。

隨着工作性質的不斷轉變，她也愈顯得忙碌了。而我見老師的時間，也似乎比見媽媽還要多。不知怎的，我常覺得我們母子間，缺少了從前那種在急症室中並肩作戰的感覺，成了兩個不再唇齒相依的個體。

年歲漸長，我漸漸發現媽媽從前教我的那一套，如誠實待人、大智若愚等，都被她自己一手推翻了。是現實社會要她變得功利和俗套嗎？我一點也不明白！

思想上的分歧，常是導致母子間言語衝突的導火線。每次她和我衝突，總愛哭訴我不懂體恤她的養育之苦。她會為了三分鐘內發生的事情，跟你翻出十年前的舊賬，又甚至是三十年前，跟你毫無相干的舊事。一旦她成功把事件等同化之後，就會指出你是怎的不孝、大逆不道……

每次離家遠行時，我都想過給媽媽寫幾隻字，但提起筆桿，卻又有一種沉重無比的感覺，比武俠小說還要難下筆，於是又只好是那幾句「在外地安好，一切保重，小心身體！」等，比普通朋友還要來得敷衍客套。可是，她又會否知道，在寫這幾個字的同時，正有千言萬語在我心頭打滾……

遺憾的是，花了這麼多心血，也沒有如媽媽所願考上大學。或者以有限的生命條件，反哺會是我和媽媽的奢望，但她從不以此為忤，也許這是因她有堅強的事業心吧！

不管如何，在我心目中，媽媽永遠仍是那個，挺着大肚子，揹負着我趕去急症室的堅強女人！

風雨同行

一向以來，醫生在我心中的形象都是兇巴巴的。每次入院，怪責媽媽不懂照顧孩子的，是鄭醫生；逼媽媽簽紙要我留院的是高醫生；還有不准我下牀半步的譚醫生；不讓我在午飯後，吃院方供應的雪糕、啫喱的薛醫生。所以我從小就不太愛跟醫生打交道，偏偏他們就愛每天走來你的病牀前，脫去你的衣服，拿着膠鎚，敲敲你的手、刺刺你的腳；把你弄得痛了，還會多此一舉的問你有沒有感覺！

可是呂醫生卻是例外的。由於他是個見習醫生，我常取笑他是冒牌的。每次他來為我們檢查身體，都會吩咐護士拉過屏風遮掩。檢查完畢，也不要護士在牀前掛上「臥牀休息」，或「不准飲食」等的告示牌。更重要的是，他值午班的時候，都會批准我吃雪糕！因為他說，適量運動跟血友病人容易受傷出血，沒有直接關係；至於吃雪糕、啫喱，只要不是正值病發，根本不會引致哮喘！

一個夜深，在病房的我從夢中醒過來。我撐起了身子，看見呂醫生正在替一個又一個酣睡着的小孩，注射不同的藥物，而受注射的小孩似乎一點也沒有受驚醒。我看看鐘，原來已是深夜三時許，也是我應該接受血清注射的時候了，於是我立即坐直了身。

呂醫生轉身時，看見我坐了起來，大嚇一跳。他立即把指頭按在唇上，壓低了嗓門道：

「咻！我已剛替你注射過了，早點睡吧！」

我急忙翻起了衣袖，手臂上剛受過注射的針孔，真的已給膠布貼上了！我頓時不禁驚歎起來：「嘩！厲害呀！竟然沒有把我吵醒啊！」即時，我想起了《老夫子》漫畫中的「登峰造極」！

當然，偶爾他也會把我吵醒，但我總把眼皮瞇成一條線縫，詐作睡得香甜。有一次，我被吵醒後，瞥見他走到百厭星的牀前。百厭星第二天就要給推進手術房了，所以這麼晚還睡不着。

「醫生，我……我怕啊！不如……」

百厭星平日「作惡多端」，要是讓他知道我聽到他這話，想他必羞得要鑽洞！呂醫生拍了拍他，在他的牀邊坐了下來。

「傻孩子，怕什麼？」

百厭星一頭倒在呂醫生懷裏，嗚咽道：

「嗚……醫生，我怕啊！我平日幹了這麼多壞事，我怕……明天做完手術會不醒來，給鬼怪帶走啊！」

呂醫生笑一笑，從領上解下了一串鑲了個十字架的鏈墜，一邊為百厭星掛上，一邊說：

「小時候有一次，醫生為了偷聖體櫃裏的麪餅，不小心摔斷了腿。當時救護車未來，只有神父在我身邊，我就痛得殺豬似的喊叫。」呂醫生為百厭星拉上被單。

「我很怕，心中想，耶穌一定會懲罰我的頑皮，這次死定了。神父就解下胸前的十字架，緊握在我的掌心。你猜他跟我說什麼？」

百厭星搖搖頭，呂醫生就在他額頭上，畫了個十字聖號：

「傻孩子，怕什麼？兇呢嘛呢兇，主與我們同在！」呂醫生學着外國神父的腔調，逗得百厭星破涕為笑。

「怕什麼？主與我們同在！」於是，百厭星就平安地從手術房中，給推了出來。

午後一陣驟雨，令病房的窗子都掛滿了水珠。夕陽的餘暉透過窗子，折射在百厭星的臉上，成了三原色。我呆望着這道彩虹出神之際，冷不防給呂醫生嚇了一把。

「小鬼！人家施完手術要休息嘛！你想盯什麼呀？」

我指向百厭星心口上，泛着銀光的十字架，嘟起嘴巴說：

「為什麼沒我份兒的？」

呂醫生初如丈八金剛，拍拍腦袋才恍然大悟過來。

「哦！你這小鬼，昨晚假裝熟睡！」

「你偏心！」

「傻孩子，學人家妒忌嗎？看一看十字架上的是誰？祂就是每個晚上和餐前，都跟你談話的主耶穌呢！你認識祂，但百厭星卻沒有，那麼你說我是不是應該先送給他呢？」

我不服氣地說：

「不同的！婉君每天也有做祈禱啦，但她還不是一樣的給帶走了！」

「……」

「呂醫生，你可不可以為我祈求耶穌，要祂不再令我生病呀！」

「嗯……呀！」呂醫生現出了很為難的樣子。他呆了好一會，突然拉我到窗前：

「子鶩，彩虹美不美呢？」

我點點頭。

「晴天、雨天，你喜歡哪？」

「晴天！」我戰戰兢兢的答。

「昨天整日也晴朗，但卻沒有天虹；今天呢，有驟雨也有驕陽，為我們帶來虹彩。人生也是一樣，驟晴驟雨，才能令生命添上姿采；所以我們不應只求健康快樂，而拒絕接受災禍的磨鍊。子鶩，你是否明白？」

我搖搖頭，表示很不明白。呂醫生續道：

「如果你健康沒病，你還會入醫院嗎？」

我搖搖頭。

「那你還會認識俊仔、婉君和百厭星嗎？」

「……」

老實說，打針、吃藥其實也不算是十分難受的事，而且住在病房也使我認識到很多「死黨」。這樣說來，病患又好像變得不再是一回事了！

呂醫生說罷，我們彼此都沒有再發一言，只靜靜的伏在窗前，欣賞那調色碟似的彩霞，層層的淡化。

呂醫生臨下班的時候，忽然走來跟我說：

「小鬼，如果你能親手寫一篇祈求天主的禱辭，我就送個十字架給你吧！」

我輕易的賺了呂醫生的鏈墜，不過他卻投訴我的禱詞滿是白字。

呂醫生常抱持着忍耐、祥和的態度待人。遇上棘手的病例，他在沉着應付，冷靜思量解決方法之餘，總不會忘記安慰那些受病痛煎熬的人。此外，遇有蠻不講理的家長來找晦氣，呂醫生都能不慍不火，耐心為他們排解那些不滿或不安的情緒，共同尋求一個積極面對問題的辦法。在他身上，我充分體會到凡事包容、凡事忍耐、凡事盼望的美德。

不過，在這麼多年來，我也看過他感性、衝動的一面。

在一個討論應否讓患愛滋病學童上學的答問會上，呂醫生出席作顧問，為在場的教師和校長解答疑問。席上，大部分教職員的聲音，都偏向於反對讓病童繼續上學，任憑呂醫生如何耐心講解，閉塞的羣眾始終聽而不聞，只顧交頭接耳去發表自己的「偉論」！

終於，呂醫生按捺不住了！他氣得幾乎把椅子也碰倒，憤然離席！在休息室裏，我看見他伏在桌上，脫下眼鏡，雙手捧住了頭，表現出苦惱的神情。這是第一次，他在我眼中變得那樣的弱小、無助，跟從前那個自信、堅強的呂醫生，彷似兩個模樣！

由於教育界人士的閉塞，彬仔遭就讀的學校開除了！

彬仔的年紀比我小六歲，直到現在，我還時刻想起從前在兒童房，看見這小東西為了偷糖吃，而流了一臉口水的模樣！他患的也是血友病，更不幸跟我一樣受了病毒的詛咒！

失敗，並沒有令呂醫生退縮。為了彬仔的事，他在各政府部門和機構多方奔走。雖然最後，彬仔仍不能回到原來的學校復課，但也總算找到學習的地方。

後來，彬仔的病況急轉直下，而且有腦出血的情況。我們都曾懷疑過，彬仔是否因情緒低落，以頭撞牆來發洩。畢竟面對病魔的摧殘，意志和信念比身體狀況更為重要！

呂醫生為了激勵彬仔的生存意志，特地抽空教他彈鋼琴，並答應讓他在教會的一個籌款音樂會上表演。於是我們在彬仔臉上，又重新看到了朝氣。

農曆新年前夕，我入醫院輸血清。一天清晨，從兒童病房那邊，傳來了彬仔病逝的噩耗。我趕到的時候，彬仔已被帶走了，獨剩呂醫生頹然地捧住了頭，坐在走廊的長椅上。我第一次看見他流下淚來！

我為他遞上了紙巾，卻給他撥了開去，只顧很辛苦的組織着要說的話。

「唉……你知道嗎？——他說什麼？——他說——昏迷之前，他最後問我音樂會開始了沒有？——我說——無論怎也會……嗚……也會等……等你的……我……但我不能為他守這個諾言了。」說罷，他抓住自己的頭髮，伏在膝蓋上沉思。

我坐了下來，為他抹去額上的汗珠。

「生命渺茫難知，你也不用太難過吧！」

走廊上人漸多了，一對夫婦手抱着剛出生的嬰兒走過。忽然「嘩」的一聲，孩子的哭啼聲劃破了寧靜的長廊，像傳染病似的把附近的孩子也惹哭了。整個病房，隨即哭聲震天。

「呂醫生，我走的時候，你會為我淌淚嗎？」

他緩緩的擺下手，抬起頭來凝視着我。過了好一會，他口中堅定地吐出兩個字：

「不會！」

他站起身來，把醫生袍掛在背上，頭也不回的走出病房。

「不會的，我不會讓你輕易離去的！小鬼，你要堅持下去，堅持下去的話，終有一天我們會找到辦法的！」

呂醫生說完，我又看見他重新披上那件戰袍，跟我們並肩作戰。

赤子

「看見這樣漂亮的蛋糕，彬仔一定會很喜歡的！」麥修女望着靈位上的照片，感觸萬分。

「文仔，過來跟哥哥說聲生日快樂，下次再來探他吧，這樣跟他說吖！」彬仔媽媽一邊收拾桌上擺放着的西餅和漢堡包，一邊吩咐文仔這樣說。

文仔走到哥哥跟前，雙手合十，喃喃地說出心裏的話：「哥哥，生日快樂啊！我和爸爸媽媽都很掛念你呀！這些東西你都喜歡吃嗎？……我們要下次再來看你了，哥哥，再見了！」

文仔說完，學麥修女一般，在額上和胸前，畫了個十字聖號。從眼皮半閉的縫中，他又瞥見媽媽匆匆揩去眼眶上泛着的淚光……

如果每個人都有兩個家，那麼瑪麗醫院的 A6 病房，就是我童年時代的另一個家。在那裏，我儲存了無數零星的片段，雖然不一定是愉快的回憶，但卻可堪回味。

那時候，媽媽還在產房待產，每天就只有爸爸來探我，但探期總是短暫的，所以我討厭護士長手上的鐘鈴，因為每次當她敲響鐘聲的時候，爸爸又要隨同來探病的家長離去。

我又不會忘記，每個晚上，在病房裏的天花板上，蜷伏着的壁虎。那個時候，我只會喚牠作小鱷魚，幻想着牠有天會變成大鱷魚，爬下來把我吃掉！

我腦裏會常常盤算着哪一天可以出院，又會計劃是否可以從病房玻璃門外的後樓梯，逃出醫院……病房裏的生活，教我感到害怕與孤獨，但偏又跟它有不能分割的關係！

呂醫生激動得拍着桌子：

「不是這樣的！這並非預防病毒蔓延的有效方法！最重要的是，我們在處理血液和傷口的時候，不論他是否帶菌者，都要一視同仁的做足預防措施，而並非把一小撮已證實帶菌的孩子隔離……這只會令我們忽略對其他人在流血時所應作的適當處理……」

「你的意思是不是說，還有其他的帶菌學童是未經公佈的？」席下一名教師作這樣推論。

「……」呂醫生欲說無從。

有人說出心中的牢騷：「啊！那麼做老師的還有什麼保障？」

「學校應該要有知情權的！」

「衞生署究竟還隱瞞了我們什麼？」

台下一片擾攘，呂醫生疲累得心力交瘁，發怔的望着瘋狂地交頭接耳的聽眾。

病房不許十六歲以下的訪客進入，所以媽媽每次

抱着弟弟探我時，我都要趁護士長不覺，偷偷地竄到病房外的長廊上。

「文仔，親親哥哥吧！」

文仔爬過來親了我一口，我忽然感到鼻頭一酸，撲進媽媽懷裏。

「媽媽，我很掛念你們啊！你帶我回家吧！」

媽媽把我和弟弟一起，抱在懷裏。

「彬仔乖，病好了，不就可以回家嗎？」

雖然依在母親懷中，我卻有孤零的感覺！

小時候總會覺得，自己留在病房裏的時間要比家裏多，所以我不喜歡聖誕節和自己的生日，因為在這些日子，我都要「巧合」地留在病房，孤獨地度過……

★ ★ ★

彬仔媽媽忍住了嗚咽，竭力地要說出心中那幾隻字：

「我孩子是個安分守己的學生……他從沒有欠交功課，不會惹是生非，又……勤力用功！我不明白，為什麼這樣一個小孩子，你們要把他隔離？」

台下有個鐵青了臉的聽眾，架了架眼鏡：

「要是他咬人，那怎麼辦？」

「……」

那年我上了小學一年班，媽媽學會替我注射血清了，相信從此也不用時常上病房。

有時候，文仔也會有樣學樣，拿着牙籤走來，說要給我打針，又或是提着匙羹，來給我餵藥⋯⋯

麥修女用半鹹半淡的廣東話說：

「愛滋病是個不幸，卻不一定是罪過，我們應該接納每一個病人，尤其今天大家都是來自教育界，你們會教育自己的學生，扶助傷殘人士，關懷弱小，但為什麼對於染上病毒的小孩子，你們卻要用另一套準則看待呢？」

一位教師站了起來，說：

「修女，妳對這些病人的關懷，我們都很明白；但為什麼連妳所隸屬的教會，直至今天也不曾表明立場呢？」

麥修女遺憾地托住了腮。

「很抱歉⋯⋯教會在處理嚴肅的問題時，會顯得稍為審慎⋯⋯但關懷病者的態度，是不會改變的！」

不知道那天在門診部，呂醫生跟媽媽說了些什麼，這幾天來我時常瞥見她在偷偷地哭。

不會是因為我吧?!自從媽媽學會替我注射以後，我已有好幾年未住進過病房了！

★　　★　　★

黃署長慢條斯理的說：

「原則上——孩子是應該接受適當教育的；但同時，其他師生的健康，亦應受到重視和保護……」

「呵——欠！」有人不耐煩地大打呵欠。

「……」

★　　★　　★

今天上中文課時，新任的馬校長把我喚到校務處去。我在校務處呆坐了整個上午，也沒有人告訴我發生了啥事。等到媽媽從家中趕來時，已接近下課了！

「這件事我早已跟從前的吳校長說過了，當時他也對我說沒有問題的，為什麼……」

「張太太，你冷靜點吧！我這樣安排，都是為了孩子。吳校長可能對這種病不太明白——其實彬仔現在最需要的是休息，而不是上學！」

★　　★　　★

在休息室裏，呂醫生氣餒得解下領帶，癱坐在椅子上：

「我們徹底失敗！他們根本聽不進耳朵！」

麥修女安慰道：

「你不要這樣沮喪，我們確已盡力……」

彬仔走了進來，跑到呂醫生跟前。

「呂醫生，媽媽要我跟你說——謝謝你！還有麥修女……」

「謝什麼？」呂醫生擺擺手。「我根本無法讓你回到學校，更加沒能力醫好你這個病……」

「不！你經已醫好了！我心裏感到很歡喜！因為你們為了我，做了那麼多！以後也不用再提上學了，我不會再鬧彆扭的！」說到這裏，彬仔的聲音咽住了。

這個下午，媽媽又跟了呂醫生去見那位黃署長，又是為我找學校吧！我覺得很煩悶。

坐在梳化上，我煩躁得把後腦往牆撞去。一記的重擊給我絲絲痲痺的快感，使我暫且忘卻了那些令人懊惱和憂愁的事情……

彬仔入院的消息，把大家都嚇壞了。呂醫生說是腦溢血，幸好並不嚴重，他媽媽卻痛心得要命。

大家都沒有問他腦溢血的原因，但心裏面卻明白——彬仔以為這樣，一切便可解決！

回到家裏，人人都很關心我，是因為識破我「自殺的陰謀」嗎？呂醫生還特地抽空來教我鋼琴。他說，復活節有個音樂會，是為癌症兒童籌款的，他們跟我一樣患了重病，但卻很堅強！我渴望見見他們，好使我知道怎樣才可以令自己變得堅強！

我現在已不想死了，我知道自己捨不得爸媽和弟弟，復活節的音樂會，還有那些跟我一樣，患了重病的孩子……

★ ★ ★

彬仔感染到一種破壞視力的病毒，他的抵抗力亦開始有潰敗的跡象。

「麥修女，我們都會死的嗎？」

「小孩子不要說這些，等你好了過來，修女要帶你到迪士尼玩……」

「不，我只希望可以完成復活節的演奏，才讓我死去……我會上天堂嗎？」

「……」

「呂醫生說過，我應該趕得及出院，參加復活節的表演的！」

彬仔又手舞足蹈的扮着按琴鍵的動作，口裏哼着熟練的曲譜……

★ ★ ★

在農曆新年的前夕，彬仔從病房裏推了出來，直送到殮房。文仔伏在哥哥的胸前，哭得呼天搶地。

「哥哥……哥哥……你們還給我……衰人……嗚……你們都是衰人！」

彬仔媽媽泣不成聲，卻要在一邊把文仔拉住，好讓爸爸為孩子換上最後的一套新衣……

★　★　★

我愈來愈覺得疲倦了，眼睛看東西時，也不再分明。幸好背熟了琴譜，我想應付表演是沒有問題的。

我好像在矇矓中，看見爸媽和文仔來探。

「哥哥……」

「還會再親親哥哥嗎？」我迷迷糊糊的説。

「哥哥！」文仔伏在我的身上抽噎，彷彿要吻破我的臉龐……

之後我做了一個夢，爸爸為我換上新衣，我就到了一個有很多小朋友的地方。在那裏，再沒有人因為我患了愛滋病，而不跟我玩……

無盡美夢

這是一個夢。

我看見一個熟悉卻又遙遠的背影，不由自主地追了上去。

「小姐……」

她轉過身來，教我嚇了一跳。

「婉君……妳一直沒有離開過嗎？」

她大發嬌嗔：

「人家在你身旁這些多年，難道你一點也不知道嗎？」細心一看，她跟我一樣已二十歲了！

「我沒有把妳忘記，尤其每次當我遇上困難的時候，就會自然而然地想起妳，想起妳教我唱的每一首聖詠……」

「可惜我又要回去了！」她依依不捨道。

「我們會再見面嗎？」我不禁大失所望。

「會的！有一天我們都要在天父的國度裏重逢。那時候，你啦，我啦，還有傻仔，會在一起嬉戲……」她的影子漸見模糊。

「婉君……」

我看見高身兆婀娜的婉君逐漸遠去……

★ ★ ★

這是一個夢。

我看見輪椅上坐了一個高大的身影。

「呂醫生！……」

呂醫生的戰袍不知道在何時，換上了件發黃的病人制服！

「為什麼？」我萬分詫異。

「想不到吧！醫生也會有生病的時候，呂醫生也不能例外！」他平淡地說。

呂醫生容顏憔悴，跟從前充滿魄力的外表相差甚遠。

「當了這麼多年醫生，我漸明白到醫學領域的局限。我們常自以為可以挽救生命，真是多麼可笑！真正跟病魔糾纏的，其實是病者本身。醫生不能掌管生命，因為生命掌管在上主的手裏……」他顫抖着站起身來。

「但是我不會丟下自己的工作，因為醫生的責任，在於陪伴病人在這戰場上並肩作戰。」我看見他又重新披回戰袍。

「我要應診了，再見！」

這是一個夢。

在一處近海的地方，我碰上了一個瘦削的背影。他瞥見我時，竟鬼祟地閃了開去，我不由得把他叫住：

「坤叔……你是坤叔嗎？」

他不好意思地轉過身來。

「嘻嘻！細路，很久沒見了！」

「你要往哪裏去？」

「我要急着入戒毒村呢！」坤叔指着不遠處。

我不禁大失所望：「這麼多年了，你還受它纏擾嗎？……不要緊的，只要有決心，你一定會成功！」

他呆呆地盯着我，久久才意會地大笑：「呵呵！呵呵呵！細路你弄錯了，我是去給其他戒毒的弟兄作見證……」我恍然大悟。

「還記得那年在骨科醫院，陳太給了我那些福音戒毒的資料嗎？後來我就進了那村，還加入了陳居士的教會呢！戒除毒癮後，我更參與了他們的義工行列，每逢週六和週日，都會進來跟其他弟兄一起證道、查經……」坤叔邊走邊説。

我聽到他自新的經歷，有説不出的高興。他卻步履匆忙。

「有見過陳居士嗎？有機會的話，代我問候他們夫婦吧！」

他提了提背囊。

「他們在等我呢！再見了！」他説罷，就抄了小路。我看見他跨過荊棘，轉入了通往戒毒村的平坦大道……

這是一個夢。

我在海灘那處，發現斜陽底下有一對男女的影子，那男的扶着枴杖。當日光從他們臉上移去時，我看清楚了：是陳居士和他太太。

「居士……」

「孩子，你也來了嗎？」他擺脫了陳太挽着的臂彎，一拐一拐地走到我跟前。

「陳居士，你……你的腿……」我驚訝得不知說些什麼。

「你……你也可以走了！」

「我不是早說過，那是可以的嗎？你和我，今天都可以了！」

我跟着他，慢慢地走到附近的射箭場。他把枴杖交給了我，即挽弓發了三箭，有兩箭射中了紅心。

射罷，他又取過了枴杖，與我一起走回沙灘上。他一邊走，一邊跟我說：

「子鷰，你知道為什麼，奇蹟都出現在我們的身上？」

我想了一會，搖搖頭。

他笑了兩聲。

「因為我們都『硬頸』，明知不行卻偏要勉強，結果感動了天父……」

我們回到之前的地方，陳太太就扶住他，從另一方向走去。走了一半，陳居士忽轉過身來，說：「子鶩，我知道今天你在創造另一個奇蹟，這是行的，千萬不要放棄！」

他們的背影逐漸渺小，沙灘上留下了一道像蚯蚓似的足跡……

這是一個夢。

我跟世昌和安仔在餐廳裏喝下午茶，他們正在侃侃而談。

「那個『大鯪魚』呢！你有否試過在他的課上『走堂』？」世昌說得手舞足蹈。

「那個悶蛋，昨天還要我們買部七千幾塊的『麗確』，交功課用的喎！」安仔扮着訴苦。

「不要緊啦！聽說你出了七萬多塊的Grant Loan！買部相機不過九牛一毛……」

「喂，子鶩！週六入來宿舍『屈蛇』吖！樓上宿舍這學期來了個校花呢！」

在他們當中，我找不到一個說話的機會。我想起了上次跟他們在宿舍玩了整晚的橋牌，第二天中午醒來，有種說不出的無聊，隨即悄悄的走了……

我覺得自己跟他們愈來愈陌生，我渴望跟他們談談自己的生活、自己的轉變；但他們關心的卻是無數通宵換來的一份功課，然後是壘球、划艇、「走堂」和追求女孩子……

他們又在說一些我陌生的話題，和聽不明白的大學生術語。我只有呆坐着大打呵欠，呆望着這兩個「陌生」的朋友……

★　★　★

這是一個夢。

我不敢告訴媽媽關節出血，於是膝蓋就腫得跟個西柚一般大。媽媽一邊為我注射血清，一邊責罵道：

「為什麼不早些出聲？看，現在腫成這個樣子！你難道不痛的嗎？」

「還不是因為你們大人！」這是小時候，藏在我心中已久的話，今天不知為何有勇氣說出來。

「每次受傷出血，你們大人都說我頑皮、跳來跳去，才會弄傷。呂醫生這樣說，你也是這樣說！每次跟你們說出弄傷的原因後，你們就不再讓我玩那曾令我受傷的遊戲，於是我就這個不能玩，那樣不能學，為什麼嗬！」

我伏在媽媽的肩上抽噎。

「我不明白，亮仔可以踏單車，新仔可以踢足球，為什麼我就要給鎖在家，什麼也不可以玩？為什麼你要撒謊，跟他們說我只愛玩拼字遊戲和看童話書，讓我變得像個女孩！」

「孩子，你明白自己有病嗎……」

「我不知道！我不知道！我也是孩子，我也會喜歡跟他們一起玩……」

「子鶩……」

我止住了哭泣，抬起頭來，原來我伏了在華女的肩上。

「華女，你……」

她全副武裝，似要參加曲棍球比賽。

「從此以後，我們要玩什麼都可以了，只要相信自己，世上沒有不可能的事！」

「你要參加比賽嗎？」

她點點頭，站起身來。

「嗯，我要證明給他們看，我們都做得到！」

她又踏進了另一個「戰場」……

★ ★ ★

這仍是夢。

「其實華女也不過是你內心世界的投射罷了，是嗎？」一把熟悉的聲音，打進我的腦海。

我還在那個更衣室裏，抬起頭來，卻看見鏡子裏的另一個子鶩，在跟自己説話：

「其實由小到大，你也渴望像其他孩子般，踢足球、踏單車，你也有過自己的抱負……」

我點點頭。

「就是到了今天，我也沒有放棄過，努力地做回一個正常人……」

他伸手搭上我的肩。

「雖然醫生告訴我，今天我們都只剩下四個血球指標，但你仍相信自己的意念……」

「所以併發症一直沒有在我的身上，造成太大的傷害……」

「相信有一天，我們都會得到醫治嗎？」

「不知道，連呂醫生也說，生命不在任何人的手裏，但我卻有個希望……」我搖搖頭。

「是麼？」

「我只希望上主賜我勇氣，讓我可以堅強地活下去……」

★　★　★

這以後我又看見勇仔、彬仔，還有旺叔，我明白這些都是夢……

因為我們都有夢想，於是明天就變得充滿希望……

美夢不一定會成真，但卻推動着我，教我今天仍在這戰場上，跟每一位戰友並肩作戰。雖然他們當中，有好些實際上已離開了，可是在我心裏，我們曾一起走過的道路，是永遠存於任何時空的……

前程錦繡

我熱愛我的生命，猶勝於我那會腐朽的身軀。我盼望燃燒自己，化為黑暗中的一盞明燈，卻不願變作萬千星羣中的一點燭火。我從來不奢望得着明早的陽光朝露，只求把今天的分秒活好……

真的不明白，升上了中四以後，總是提不起勁來，每晚平均也有九個小時的睡眠，但上課時偏忍不住打瞌睡！是功課艱深？還是我怠懶？

Miss 麥也為了這事，跟我詳談。

「子鶩，近來發生了什麼事？怎麼你總是提不起精神上課的？」

「Miss，對不起！」我慚愧地低下頭來。

「是不是為了拍拖，把功課都丟懶了？」

不！跟她沒有關係！我拚命地搖頭。

「唉！子鶩，Miss 關心你，才會對你苛求。明年就要應付會考了，我就是怕你恃着過往的成績，而對這次考試掉以輕心！」

「Miss，我會努力的了，你放心吧！」

Miss 麥拍了拍我的肩，滿意地點了點頭。

儘管我努力不懈，但總是力不從心！明明是從前應付自如的考試，現在每每吃力萬分。

期中試的試卷發回來了，我從 Miss 麥手上接過英文科的作文試卷，不禁羞愧得淚盈眼眶。Miss 麥垂下頭來，連望也不望我一眼，這樣教我更加難過。

究竟考試那天我做了些什麼？為何我腦裏盡是空白一片？是因為她嗎？不，連功課也應付不來，跟她已很久沒見面了！是為了打球嗎？沒道理的，籃球是健康活動，適當的運動根本不會影響學業。那誰可以告訴我，是為了什麼原因？

不知何解，今次回來覆診時，呂醫生把媽媽也叫來了。只見呂醫生把過去幾年的化驗報告，都拿出來。

「其實子鶩在八四年的時候，已接受過一次 HIV 的測試，但我們見他的白血球細胞沒有異樣，所以沒有把結果告訴你們。但近三次的驗血報告，顯示他的 CD4 血球正在下跌：由正常人的千個單位，跌到現在僅有的四十個單位！而 CD4 就是界定是否感染 HIV 指標之一……」

聽到這裏，我的心像鉛錘似的直向下沉。媽媽急不及待的提問：

「那是不是……愛滋病的徵兆啊？」

「不！感染了病毒，並不代表一定會患上愛滋病。但是，白血球細胞跌至這麼低，總是有點不妥的。那顯示 HIV 正在他體內擴散，而這病毒是會侵入腦中樞，破壞大腦功能的！是了，他近來有什麼異樣：例如精神不振，或突然成績低落之類？」

我跟媽媽面面相覷，不由自主地點點頭。

「當然，這也不一定可以作準的。」呂醫生安慰道：

「我給你做一個皮膚測試吧！待會李姑娘會給你的手臂釘四個傷口，四日之後再回來給我看看。如果你的免疫系統功能正常的話，手臂上的傷口會紅腫起來的……」

回到家裏，我一言不發，倒在牀上只顧睡覺。每次從睡夢中掙扎過來，我都渴望那天在門診部的一切，都是個荒謬的夢！可惜當看見臂上的四點傷口時，又頹然地回歸現實。

我在那幾天裏，不停的對那四點傷口「搔搔抓抓」，到了第四天，傷口果真「紅腫」一片。

「呂醫生，你看，傷口紅腫起來了！我的抵抗力沒有衰退啊！證明不是病毒感染吧！」

呂醫生不禁搖頭苦笑：

「不是這樣的，子鷟，你不要這樣吧！來，我陪你去照肺，看看是否感染了肺囊蟲！」

他的苦笑，是我絕望的根源。

「篷」的一聲，我把辦公桌的文件，都掃到地上。

「你在耍我嗎？為什麼？這麼多年也沒有跟我談起『病毒』的事，你知道嘛？我一直以為自己是免疫的！你……你為何要瞞着我？」

「子鶯，不要這樣吧！」

我倒坐在椅子上，自言自語。

「我沒有濫交，也沒有吸毒。這些年來，我努力學業，還學會替自己注射，病房也很少上了，你知道嗎？我加入了籃球隊，又開始拍拖，我⋯⋯還以為自己已變回一個普通的學生了⋯⋯偏偏現在你卻要把我從童話似的夢中喚醒⋯⋯」

「子鶯，其實我內心比你更難受⋯⋯」

「這是我第一次拍拖，你說，我該怎樣跟她講，說我有愛滋病？我該怎樣向老師們解釋，成績一落千丈，是因為愛滋病？這麼多委屈，我可以告訴誰？」我霍然站起。

「由今天起，我不會再相信你們，不會再相信醫生！不再相信他媽的鬼藥！魔——鬼——」

我咆哮着跑出了門診部。

瑪麗醫院下面的露台，是從前我跟勇仔他們「聚腳」的地方。在那裏可以看到斜陽沉落大海的美景。

忽然，在我背後響起了一把雄壯的歌聲：

「斜陽裏，氣魄更壯;斜陽落下，心中不必驚慌！應知道聽朝一番新的希望⋯⋯」

我回過頭來，是呂醫生：

「互助互勵又互勉，哪怕去到遠遠那方？自認百煉鋼，淚下抹乾；敢攀過高山，飄泊在遠方⋯⋯」

呂醫生擺了擺手。「小鬼，怎麼樣？可以回去照肺了嗎？」

「算了吧！這根本是一個沒有希望的絕症！」我傷感地說。

「不！你看，日落之後，明天還是會再有日出的，希望就是明天……」

我冷笑道：「但我已經是一個沒有明天的人！」

「啪」的一聲，呂醫生給了我一記耳光。

「要不是你有血友病，我還要揍你一頓！」

我撫摸着發燙的臉，不屑地垂下頭來。

呂醫生歎了口氣：

「你這種說話，辜負了爸媽；辜負了每個曾跟你並肩作戰的病友；也辜負了多年來所有照顧你的醫生、護士……尤其是那些為了醫治你們，也間接感染了病毒的醫護人員……」

我不禁失聲叫道：「呂醫生……」

「回去吧！布醫生正在等你！」

「布醫生？」

「他是這方面的專家，也將會是你的主診醫生。」

「你不再理我了嗎？」

「不！無論你去了哪個病房，我也會跟你並肩作戰！」說罷，他搭着我的肩膊，推着我回去。

★ ★ ★

我拿着差得不能再差的成績上了預科。在那一年裏，我投入學生會活動，藉此忘記病毒的咒詛。但有些轉變，並非可以受人的意志所遏止：我的股溝隆起了一塊塊淋巴瘤！

我從前在醫學雜誌上看過，知道那是愛滋病中普遍的併發症，也是癌的一種！我沒有跟任何人說起，包括呂醫生在內。我想起了婉君和旺叔，他們在送進特別房之後，就沒有再出來，直到一天從那扇門給送走了……

我要憑自己的力量，跟它對抗！

中六那年的暑期，淋巴瘤開始惡化，痛和癢的感覺叫我徹夜難眠；學業上我克盡本分，但成績卻總差強人意。這些委屈我都無法告訴任何人……我的情緒日趨低沉！

一個下午，我在替自己注射凝血素時，忽然心念一動，為自己注射多了足足二十毫升的空氣。從前科學課上，老師說過，把五毫升空氣打進血管，就足以致命……

「自殺」的結果是：我心絞痛了足足半句鐘，但之後竟奇蹟地平復過來！原來死並不是想像中簡單的！吃了苦頭卻死不去，我又不怎麼想死呢！

中七開課的第二個星期，我就因淋巴瘤發作，而發熱、發冷和四肢痙攣。我不敢告訴家人實際的情況，就只說需要休息，休息就會好了！

呆在家裏的日子，我整天都昏昏沉沉的做夢：有時夢見 Miss 麥質問我，怎麼賴在家中躲懶；有時又夢見同學在課室做着模擬高考試題，我卻給隔在玻璃窗外叫嚷……

兩個星期後，我總算可以掙扎着起牀了，但卻不敢走到鏡前！

休養了整整一個月，總算回復了一個可以見人的樣子。回到學校辦理退學手續，同學們卻在校長室門前把我圍着，他們的親切慰問，教我感動得不能自已！ Miss 麥把我叫了過去，她從教員室內取了串玫瑰念珠出來。

「送給你的！」她握着我的手。

「用祈禱來為自己增加力量，同學們都在等你回來的！」

我含着一眶熱淚，大力地點頭。

離開了學校後，我花了兩個月，身體才恢復過來，淋巴瘤也逐漸散了。布醫生始終找不出發熱發冷的原因，因為他遇上一個諱疾忌醫的病人！

為了彬仔因愛滋病感染而被學校開除，我毅然答應電台的訪問。當天晚上，世昌和安仔約我出來。

「你跟那個……因輸血受感染的少年，認識的嗎？」

「……你們有留意那節目？」

他們點了點頭。

「你們……怕嗎？」

「你以為我們沒有讀過書嗎？我還要跟你一同分享一串魚蛋，我要證明給每一個小鬼知道，日常生活上的交往不會傳染愛滋病。」安仔搭着我的肩，世昌也從另一邊搭住了我。

我們在夜闌人靜的海濱，高唱「前程錦繡」。

記不起從哪一天開始，我告訴自己：子鷲的生命不再屬於我，我的生命屬於每一個疼愛子鷲的人。為了他們的緣故，我答應在未來的日子，決不隨意糟蹋自己！

「青春」，是一個很可愛的名字！無論鄧小平抑或劉德華，每個人都有機會擁抱自己的青春歲月。但怎樣才不會虛度青春呢？如果要像「四大天王」那樣，站在台上瘋魔萬千歌迷，才算是閃出青春的光輝，那我情願讓自己的青春，在污穢的溝渠中燃燒着，作明燈一盞，好去照亮那活在黑暗中，死亡陰影下的人們。

小時候，我崇拜海倫凱勒；長大了，知道原來還有一個司馬遷，他們都承受了傷殘的痛苦，但卻堅持理想，自強不息。當然，這世界還有更多更多，受着病苦煎熬，仍頑強掙扎，迸出青春光華的生命。

我也渴望讓自己的青春燃燒，並用文字印證，生命怎樣啟示了我；而我，又怎樣成就了生命給我的一切苦與樂，好為每一個疼愛子鶩的朋友，留個紀念！

我誠意將這本書，送給每個活在疾病和厄困中的朋友。希望你們知道，無論路是如何的崎嶇，至少還有我和呂醫生、陳居士、坤叔、華女等同行的旅伴，我們就像活在你們身旁的人物，甚至也可能是你們的影子！你們是否可以跟我們一樣堅持不放棄呢？可以的，因為我們的故事，就是你的故事：我們每一個，都有機會從同一道路上走過！

也送給每個青少年朋友，希望你們從病弱者身上學會堅強；在傷殘者身上看到對生命的執著；當然更重要的是，嘗試去領略箇中每一份真摯的友情，並關懷你們當中弱小的朋友——無論他患的是什麼病，或有何缺陷！

亦送給從事文化傳播的工作者，請你們少出一兩本宣揚色情、黑社會暴力的漫畫，多創作一些適合兒童和青少年閱讀的故事。除非你們願意在二十年後，看到自己的孩子成了另一個「灣仔之虎」，或「屯門色魔」。

可能有讀者會質疑，每個故事都是真實的嗎？我可以說，都是真實的：坤叔、陳居士、智濬、旺叔等，都是我熟悉的人物；不過為了避免令當事人尷尬，和增加故事的趣味性，一定程度上的創作是免不了。不過，故事背後想要表達的思想，卻始終不變。好像呂醫生吧！他是我過去所碰上「好醫生」的一個縮影；而華女那種敢於挑戰命運的精神，則是來自我矛盾的思想中，反叛感情的投射。當你在這本書上看到自己的故事時，請不要驚訝，也毋須慌張，因為正如我先前所說的：我們都有機會從同一道路上走過！

寫這本書的時候，「突破」給與我很大的自由度去發揮：例如不設時限、字限，沒有干預每個故事的題材和發展，這是我所感激的。但亦可能因此而出現一些不太適合讀者口味的作品。不過我相信，總有一兩個故事，會是你們所鍾愛的。

你們讀後，若感到滿意，希望能為我把這本書推薦給你們的學生、子女、同學、朋友，以及每一位活在痛苦中的病人！

謝謝大家的勉勵！

子鶖

心理與栽培系列最新書目

生命禮讚

書名	作者
毛蟲・蝴蝶・女牧師	徐玉琼
把火種撒在地上——話説蘇恩佩	文蘭芳、何盛華、李淑潔合編
活在地上——如同活在天上	羅乃萱
最美的時光別錯過	周有
冰封奇俠受難曲	許道宏
死亡，別狂傲（復刻本）	蘇恩佩
地久天長——愛滋路上的母子情	李慧珍

心靈地圖

書名	作者
相愛不傷愛——感情與理智的拿捏之道	羅乃萱
我本不曉得禱告——學習祈禱之旅	蔡元雲
一字・心澄	羅乃萱
真朋十句——言有盡心卻真	羅乃萱
300秒的生命故事	徐玉琼
愛是一種勇氣	羅乃萱
我看見神的作為——蔡元雲醫生的13680個日與夜	蔡元雲
等待，是一場操練	羅乃萱
把課室搬到撒哈拉	鄧信彥、陳兆焯
從心相信愛	羅乃萱